死に戻り姫と最強王子は極甘ルートを[illegible]望です

～ハッピーエンド以外は認めません！～

Saki Tsukigami
月神サキ

Illustration:Ami Sasahara
笹原亜美

NOVELS

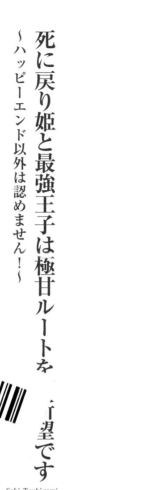

CONTENTS

死に戻り姫と最強王子は極甘ルートをご所望です

～ハッピーエンド以外は認めません！～

序章　後悔

「ごめん、フローライト。愛してる。どうか幸せになって」

私の手を握り、弱々しく微笑《ほほえ》むカーネリアンに、必死になって首を横に振る。

オーディスタル大陸西側にある大国、スターライト王国。その王城にある彼の部屋。寝室でベッドに横たわる彼は、今にも儚《はかな》くなってしまいそうだ。

第二王子、カーネリアン。

夜空に煌《きら》めく星々のような銀色の髪と、緑と青のオッドアイが綺麗《きれい》な彼は、リリステリア王国王女である私の婚約者だ。

周囲には私たち以外、誰もいない。

最期《さいご》の時間を過ごす私たちに皆が遠慮してくれたのだ。

「私のせい……私のせいでカーネリアンは……」

涸れ果てたと思っていた涙がまた溢《あふ》れ出す。

二年前、私は復活を遂げたばかりの魔王に攫《さら》われた。

私の中にある特殊かつ膨大《ぼうだい》な魔力が狙いで、当時城にいた私は為《な》す術もなく、彼の根城に連れて行かれてしまったのだ。

それを助けてくれたのが、婚約者のカーネリアン。

私は子供の頃から引っ込み思案で、かなり内気だった。そしてカーネリアンも穏やかな性質で、小さな生き物を傷つけることさえ嫌がるような人。

戦いなどとんでもないという彼を周囲の人たちは「軟弱者」と罵《ののし》ったが、私は優しい彼のことが大好きだったし、私たちの仲はとても良好だった。

私に男の兄弟はいない。だからこのまま彼に私の国を継いでもらって、将来は一緒に穏やかで平和な国を築こうと約束だってしていた。

だけどその約束も、全部台無しになってしまった。

本来、戦うことが好きではなかった彼は、私が攫われてしまったことにより、剣を取ることを余儀なくされたのだ。

戦いは嫌いでも、才能はあったカーネリアンは、その力で魔王を倒し、私を助けてくれた。

嬉しかった。まさか戦いを厭っている彼自ら迎えに来てくれるなんて思いもしなかったから、本当に嬉しかったのに。

幸せはつかの間。長きに亘《わた》る戦いに心を少しずつすり減らしていたカーネリアンは帰国直後に倒れた。

優しい彼に、血生臭い戦いはストレスでしかなかったのだ。心を蝕まれたカーネリアンはどんどん衰弱し、その命は今や風前の灯火だ。

今も私に向かって微笑んでくれてはいるが、その瞳に力はなく、いつ目を閉じてしまってもおかしくない有り様。

私があの時、魔王に攫われなければこんなことにはならなかったのに。そう思うと、後悔ばかりが胸を過《よぎ》る。

「泣かないで、可愛い人」

震える手が私の目尻に溜まった涙を拭《ぬぐ》っていく。

それを、目を閉じて受け入れた。

「君を助けたことを私は後悔していないよ。愛しい君を助けるのは私しかいないから。こうなったのは私の心が弱かっただけのこと。君のせいじゃない。だからどうか泣かないで。この結末に私は満足しているんだ」

「いや……そんなこと言わないで」

「愛してる。あの世で君の幸せを祈っているよ」

「いやあああああ……！」

号泣するも、彼は私を見つめるだけだ。その目がゆっくりと閉じられていく。

私は、慌てて彼に呼びかけた。

「カーネリアン！　カーネリアン！　駄目、目を閉じないで！」

必死に呼びかけるとカーネリアンは一度だけ目を開けた。だが弱々しく微笑むと、力をなくしたように、再度目を閉じてしまう。

彼の全身から力が抜けていく。生命の輝きが消えていく瞬間を目の当たりにし、わなわなと身体が震えた。

最早目の前にあるのはカーネリアンの入れ物でしかない。彼は死んでしまったのだ。

「カーネリアン……いや……いや……！」

錯乱したようにカーネリアンにとりすがり、揺さぶるも、彼は何の反応も返さない。

「ああ……」

足の先から冷えていく感覚がする。

身体から力が抜け、耐えきれなくなった私はペタンと床に座り込んだ。恐らく部屋の外で待っているだろう侍医たちに彼の死を伝えなければと分かっていたが動けなかった。

ただノロノロとスカートのポケットをまさぐる。

取り出したのは毒薬だ。即効性の、飲めば確実に死ねる薬。

彼の命が危ないと知った時から密かに用意していた。

死ぬ時は一緒に逝《い》きたいと、そう思ったから。

カーネリアンには言わなかった。

言っても受け入れてくれないのは分かっていたから。

君は生きてと言われると知っていた。

彼は優しい人だから。

でも――。

「……」

立ち上がり、カーネリアンの顔を見つめる。穏やかに眠る彼は、最近はずっと浮かべていた苦しげな表情から解放されていた。

最期に私の幸せを願って死んでいった彼。その彼に語りかけた。

「私、あなたがいない世界で幸せになんてなれないの」

結局は、そういうことなのだ。

彼のいない世界は私にとってなんの魅力もない。

今まで鮮やかだったはずの世界が急速に色を失い、白と黒の味気ないものに変わっていく。

無味乾燥。なんの面白みもない世界。こんな場所でこの先を生きていくことになんの意味も見出せない。

躊躇《ちゆうちよ》せず、一気に毒薬を呷《あお》る。

床に膝《ひざ》をつき、彼の手を握ってリネンに頬《ほほ》を預け、目を閉じた。

思い出すのは後悔ばかりの人生だ。

私が魔王に攫われなければ、私が弱くなければと、もう終わってしまったことばかりを考えてしまう。

でも、実際そうだと思うのだ。

私が攫われなければ、カーネリアンは戦いに赴《おもむ》く必要もなかった。

オーディスタル大陸は魔法が発達している国が多く、魔法は学問としても成立している。

老若男女問わず魔法を使う人はたくさんいて、でも内気な私は魔法どころか運動も苦手で、為す術なく攫われた。

私に魔王に対抗できる強さがあれば、彼は今も隣で笑ってくれていただろうに、私のせいで死んでしまった。

優しい彼を戦わせてしまったから。

カーネリアンには才能があった。欲しくもなかった戦いの才能が。

魔王との戦いでそれは花開き、軟弱王子と皆から馬鹿にされていた彼は今や最強王子と呼ばれるまでになった。

だけどカーネリアンには嬉しいことではなかった。優しい彼は敵を倒すたびに精神をすり減らし、そうしてついには死んでしまったのだから。

私を残して。

「でも、大丈夫」

体温が急速に失われていく彼の手を握りながら、呟く。

「すぐに……そっちに行くから」

毒が効いてきたのだろう。身体に力が入らなくなってきた。けれど心臓は握り潰されているかのような痛みを感じる。

でも、それで良かった。確実に死ねるのだと実感できるから。

愛する人の側に行けるから。

最後の力を振り絞り、身体を起こす。

死ぬ前に、もう一度彼の顔を見たかった。

「カーネリアン……愛してる――」

ただ眠っているようにしか見えない彼に愛を囁《ささや》き、冷たくなった唇《くちびる》に己の唇を重ねた。

今まで何度もしてきた行為。

彼に触れられるたび幸せに感じていたけれど、まさかキスをしてこんなに悲しい気持ちになるとは思わなかったし、一生知りたくはなかった。

「っ……」

毒が全身に回ってきたのか、視界が点滅する。身体を支えていられない。

彼の上に重なるように倒れ込む。思い出すのは昔の楽しかった頃。

――あの頃に戻れたら。

暗闇に呑《の》み込まれるように私の意識は消え失せた。

第一章　やり直し

「えっ……」

後悔ばかりの苦い記憶が蘇《よみが》る。

突然身体を硬直させた私に、正面の席でお茶を飲んでいたカーネリアンが心配そうな顔をして名前を呼んだ。

「どうしたの？　フローライト」

「う、ううん。なんでもないの」

急いで首を横に振る。

今、自分の中に流れ込んできた記憶が信じられなかった。

私はリリステリア王国の王女、フローライト。

今年十歳になる私は、半年程前婚約者に決まったスターライト王国の第二王子カーネリアンと一緒に、うちの城の中庭でお茶を楽しんでいた……のだけれど。

――何、今の。

突如《とつじょ》として頭の中に流れてきた――いや、思い出したのは、今から未来の記憶だ。

十八歳になった私が魔王に攫われ、それを助けてくれたカーネリアンが心を壊し、二年後には死んでしまう。そしてその後を私が追う……というもの。

「……」

心臓がバクバクと痛いくらいに脈を打っていた。

気持ちを落ち着かせるように小さく息を吐く。

突然の出来事に驚きはしたものの、白昼夢を見たとか、気のせいとか、そうは思わなかった。

何故なら、記憶を思い出すと同時に、その時に感じていた心の痛みも思い出してしまったから。

あんなに辛い出来事が、夢であるはずがない。

あれは現実に起こったことなのだ。

——じゃあ、だとしたら、これは何？

困惑し、己を見る。子供らしい小さな手に目がいった。

私は死んだはずなのに。

毒を飲んだし、死にゆく感覚だって得ていた。

カーネリアンのいない世界に未練などないと、世界に別れを告げ、彼の後を追ったはずなのに。

気づけば私は子供に戻っていて、目の前には同じく子供の姿をしたカーネリアンが笑っている。

今の今まで、ふたりで楽しくお茶をしていたことも覚えているし、これまでの記憶だってちゃんと持っている。

十歳児としての記憶を保持した状態で、二十歳時の記憶が蘇るなんて、一体、自分に何が起こっているのかさっぱり分からなかったが、ひとつだけ理解していることがあった。

それはカーネリアンが生きているということ。

今、私の目の前に座り、心配そうに私を見る彼は死んでいない。生きているのだ。

「……」

胸に込み上げてくるものがあった。

喜びのあまり、涙が溢れそうになってしまう。おかしいと思われると分かっていても、今すぐ彼に泣いて取りすがりたくなった。

生きているカーネリアン。彼を目にできただけで、私には全部が全部どうでも良くなってくる。

どうして死んだはずの私たちが子供に戻っているのかとか、今のこれは死後に見ている夢なのかとか、そういう当たり前に気になるはずのことを全部全部放り投げた。

だって彼が生きている以上に大切なことなどないから。

カーネリアンが生きているのなら、ここがどんな世界でも構わない。そう言い切れるほどに私は彼を愛している。

いや、それほどに彼を愛していたのだと知ってしまった。

「カーネリアン……」

これが夢や幻ではないことを確認したくて、彼の名前を呼びかける。

カーネリアンは不思議そうな顔をしつつも返事をしてくれた。

「なあに、フローライト。ねえ、さっきから挙動不審だけど……本当にどうしたの？　もしかして具合でも悪い？　お茶は止めにして室内に戻ろうか？」

心配してくれる彼は、記憶にあるままの姿だ。

私たちが出会った直後の、まだ子供のカーネリアン。その頃から彼はとても優しくて、私は親に決められた婚約者であるにもかかわらず、カーネリアンのことが大好きで堪らなかった。

それは彼も同じ。

カーネリアンも私のことを初めて会った時から愛《いと》おしんでくれた。私たちは穏やかに、だけども確実に愛を深め合い、将来は結婚するのだと信じて疑っていなかったのに。

――このままだと、間違いなくカーネリアンは死んでしまう。

魔王に攫われた私を助けて、心を病んで衰弱し、最後には亡くなってしまうのだ。

その未来を知っているからこそ、今、目の前にいる彼が愛おしく、同時に絶対に失いたくないという気持ちになった。

「……」

優しい彼を見つめながら、これからのことを考える。

結論はすぐに出た。

どうして死んだはずの私が今、ここに子供としているのかなんて分からない。先ほど少し考えた通り、これは死後に見ている夢なのかもしれない。

だけど、間違いなくやり直しのチャンスでもあるのだ。

あの、どうしようもなく何もできなかった自分をやり直すことのできる機会。

夢でも良い。夢でも良いから、幸せな未来を摑めるのなら――。

「ねえ、カーネリアン」

心配そうに私を見ているカーネリアンの名前を呼ぶ。彼は優しく「ん？」と返事をしてくれた。

まだ子供だというのに昔から彼は大人びたところがあり、私は彼のそういうところも好きだった。

その印象は記憶を思い出した今も変わらない。十歳とは思えない表情をする彼を見つめ、私は聞かなければならないことを聞いた。

「カーネリアンって戦うことが好きではないのよね？」

カーネリアンが自ら武器を取り、戦うことを厭っていることは、すでに彼から直接聞いて知っていた。

あれは婚約してすぐのことだった。

仲良く庭の散歩をしている時、彼が寂しげな顔をして言ったのだ。

「……私はね、人を傷つけるのが嫌なんだ。王族として強くあらねばならない。そのことは分かっているけれども、自分の手で人を傷つけることがどうしても恐ろしく思えてしまう。こんな私を君は軽蔑する？」

と。

それを聞いた当時の私は「私も戦いは怖いし、優しいカーネリアンが好きだから」と思ったままを伝えた。

どの国もわりとその傾向はあるが、カーネリアンが生まれたスターライト王国は特に強者を好む傾向にある。

そんな中での彼の発言はかなり勇気がいるものだっただろう。

秘密を打ち明けたカーネリアンはホッとしたような顔をして、私の手を握ってくれたのだけれど、私は手を握られたことが嬉しくて、それ以上突っ込んだ話を聞くことはできなかった。

そうして彼は成長し、優しい王子のまま、私のせいで最終的に剣を取ることになるのだけれど――いや、未来の話はいい。

私が聞きたいのは未来のことではなく、今の彼の考えなのだから。

じっとカーネリアンを見つめる。

彼は怪訝な顔をしつつも私の問いかけに答えてくれた。

「またいきなりなんなの？　いや、別に構わないけど。……うん。前にも言った通り、私は人を傷つける行為が好きじゃない。今も父上たちは私に剣術や魔法で戦うための指南役を付けようとしてくるけどね、どうしても嫌で、逃げ回っているんだ」

「……そう」

彼の言葉に相槌《あいづち》を打つ。カーネリアンはやるせなさそうに息を吐いた。

「それでは駄目だと分かっているんだけどね。私は将来君の国に婿《むこ》入りするわけだし。国王となる私が、戦えない男では君の国の人たちにだって認めてもらえない。それは十分過ぎるほど理解しているんだけど……」

「カーネリアン……」

やはり、今、目の前にいる彼も、私の知っているカーネリアンと同じで戦いを厭っているようだ。

それを確認し、頷いていると、カーネリアンが辛そうに言った。

「……ねえ、フローライト。前にも言ったことを聞き返すってことは……君も私が男らしくない、戦えない臆病者だって思ったのかな。やっぱり弱い男に用はない？　婚約を解消したいって思っちゃった？」

「違うわ！」

考える前に言葉が出た。カーネリアンに辛い思いをさせるつもりなんて露ほどもなかったのだ。ただ、今の彼の考えを知りたかっただけでそれ以上の意味はない。

私は勢い良く椅子から立ち上がると、彼に訴えた。

「そんなこと思うわけないじゃない。私は優しいあなたが好き。あなたと結婚したいって思ってる。あなたが戦いたくないのは、人を傷つけたくないからだと知っているわ。あなたが繊細《せんさい》で傷つきやすい人だって分かっているし、そんなあなたを好ましく思っているの。臆病者なんて、一度だって思ったことない！」

叩《たた》きつけるように言う。

カーネリアンは心根の優しい王子だ。

まだ子供ながらも、皆の心に寄り添ってくれる、懐の大きな人。

花を愛し、動物を愛し、全てが平和であるようにと本心から祈ることのできる、心の綺麗な得難い人だと知っている。

「フローライト……」

私が大きな声で否定したことに驚いたのか、カーネリアンが目を丸くしている。

「……珍しいね。いつもは大人しい君が大声を出すなんて。それに……なんだろう。今日の君はなんだかすごく大人っぽい気がするんだ。急に十も成長したような……ねえ……やっぱり何かあった？　私が力になれることがあるなら言ってほしいな」

「……大丈夫よ、カーネリアン。あなたが心配するようなことは何もないの」

ふるふると首を横に振る。

確かにいつもの大人しく、内に籠《こ》もりがちな性格の私とは全く反応が違うから、カーネリアンが戸惑ってしまうのも無理はない。

大人っぽく見えるのも当然だ。今の私は二十歳の記憶を保持しているのだから。

だけど、取り繕《つくろ》っている余裕なんてあるわけない。

恐ろしい未来を経験し、それを思い出した後では、今まで通り『大人しく』などしていられないのだ。

何もできない、何も成せない私では、同じ結末を迎えてしまう。それが分かっているから、今のままでなんていられなかった。

——ずきっ。

突然、左の額辺りに痛みが走った。心臓の音に呼応するようなズキズキとした痛みに思わず顔を顰《しか》める。

——何、こんな時に頭痛なんて……。

額に手を当てる。幸いにも痛みは無視できる程度のものだった。

あとで薬を飲もうと決め、再び自らの考えに没頭する。

――まずは私が変わらなきゃ。でなければ何も変えられない。

そう、そうなのだ。

ただ、城の奥に引き籠もっている私では、あの悲惨な未来を回避できない。

強くならなければ、私が変わらなければ、何もなし得ないのだ。

カーネリアンが亡くなった時も同じことを思った。

私が強かったら、こうはならなかったのにと。その後悔を思い出してしまえば、私のやることはひとつしかなかった。

――私が、強くなる。

カーネリアンを戦わせることのないように。

もう、それしか方法はない。

私が、いつか来る魔王に対抗できるレベルにまで強くなるのだ。

攫われたりせず、私がひとりで魔王に対抗できれば、カーネリアンが武器を取る必要はなくなる。

戦ったことなどないし、考えたこともなかったが、素養はあるはずだ。

何せ私の魔力は魔王が狙うほどに膨大で、特殊なものだそうだし。

「……」

椅子に座り直して膝の上でグッと拳《こぶし》を握る。

正直、泣きたいくらいに不安ではあったが、やるしかない。

弱気な自分とは今日でさようならをするのだ。

好きな人のためならいくらでも強くなってやろうではないか。

強くなるためにこれからしなければならない努力を思えば怖くもなるが、あの、死んでいく彼を引き留めることすらできない絶望を繰り返すことに比べたら、楽なものだと言い切れる。

——ええ、やってやるわよ。

強くなって、魔王を私が返り討ちにする。

未来を変えるにはそれしかない。

決意を固め、カーネリアンを見る。ずっと黙り込んでいた私が突然顔を上げたことにカーネリアンは驚いた。

「ど、どうしたの……」

「カーネリアン。私、決めたわ」

「えっ、な、何を？」

訳が分からないという顔をするカーネリアンを見つめる。

愛しい人。私の世界の全て。

彼のためならなんでもできる。

私はカーネリアンに向かってゆっくりと口を開いた。

「カーネリアン。あなたが戦う必要なんてない。私が戦えば良いのよ」

「えっ……」

「あなたが優しい人だって私は知ってる。人を傷つけることなんかできない人だって。だから代わりに私が強くなるわ。あなたが剣を取る必要なんてないくらい、強くなってみせる」

「フローライト……君……」

カーネリアンが驚いた顔で私を見てくる。そんな彼に強く頷いてみせた。

カーネリアンがハッとしたように言う。

「な、何言ってるの。君だってすごく引っ込み思案の大人しい子じゃないか。そんな君が戦うなんて――」

「大丈夫よ。今までの私とは違うもの。あなたの代わりに私が前に出る。あなたのことは私が守ってあげるから、戦わなくていい。そのままのカーネリアンでいてくれればいいの」

キッパリと告げる。カーネリアンは戸惑うように私を見つめ、ついで首を横に振った。

「できないよ。何より女性を守るのは男の仕事だ。私の代わりに君が……なんてそんなことはさせられないし、そもそも誰も認めないと思う」

男は女を守るもの。

世間でそう考えられていることは知っている。私も今までそういうものだと思っていた。

だけど――。

勇気を奮い立たせ、カーネリアンに告げる。

「周囲の意見なんてどうでもいいわ。女だって好きな人を守りたいんだから。私なら戦えると思うから戦う。役割なんかに縛られる方が馬鹿《ばか》らしいわ。私たちは夫婦になるのよ。それならあなたでも私でも、どちらが強くても構わないじゃない」

「……で、でも！」

「それともカーネリアンは、周囲の評価の方が気になるの？　私の言うことは常識外れだって馬鹿にする？」

「しないよ！　するわけない！」

ハッとしたようにカーネリアンが叫ぶ。その言葉が聞けて嬉しかった。

「私は、あなたがあなたのままでいてくれる方が大切だわ。誰にも文句は言わせない。誰が何と言おうと構わない。私はあなたを守りたいの」

「っ……！」

カーネリアンが息を呑む。

あり得ないものを見たような顔で私を見つめてくる。その視線を私は真っ直ぐに受け止めた。

私が本気だということをカーネリアンに知って欲しかったのだ。

私たちは今度こそ幸せになるべきなのだ。

それ以外の結末など許さない。そしてその結末を摑み取るためなら、強くなることくらいなんだというのか。

私が彼を守る。二度と、心が壊れるような真似はさせない。させるものか。

「フローライト」

カーネリアンが目を潤ませ、私を見てくる。私は勇気づけるように頷いた。

「大丈夫よ、カーネリアン。私、強くなるから。あなたが強くなる必要なんてないくらいに強く。だからあなたはあなたのままでいて。それが私の望みなの。その願いが叶うなら、戦うくらいなんてことはないわ」

本心から告げる。カーネリアンは眩しいものを見たかのような顔をした。

「……君は、どこまでも私を肯定してくれるんだね。己を犠牲《ぎせい》にしてまで……君にそこまで言わせてしまった自分が情けないよ」

泣きそうな顔をしながらカーネリアンが告げる。私はゆっくりと首を横に振った。

「犠牲なんて言い方は止めて。私は私がそうしたいから動くだけ。あなたの犠牲になった覚えはないわ。罪悪感とかそういうのは要らないから」

私がカーネリアンを守りたいのだ。彼が申し訳なく思う必要なんてない。

そう告げると、カーネリアンは苦笑した。

「君、本当にどうしたの。急に大人になったみたいって思ったのもそうだけど、なんだろう。すごく格好良くなってない？　頼もしいし……なんか、惚《ほ》れてしまいそうなんだけど」

「あら？　惚れてしまいそうって、もうとっくに私のことが好きだったんじゃないの？」

十歳時点であろうが、私たちは両想いだったはずだ。そう思い首を傾げると、カーネリアンは顔を真っ赤にして言った。

「好きだよ！　そうじゃなくて……今までよりもっと君のことが好きになったって、そう言いたかったんだ！」

「それは嬉しいわ。私もあなたのことが好きだから」

にっこり笑うと、恨《うら》めしげな顔をされた。

さすがに二十歳の記憶を有していて、十歳のカーネリアンに負けるはずもない。

ニコニコしていると、カーネリアンが息を吐いた。そうして何かを決意したような顔をする。

「フローライト」

「何？」

真っ直ぐに私を見つめてくる彼を見つめ返す。カーネリアンの緑と青のオッドアイは今日も綺麗に輝いていた。

この美しい奇跡のような目を再度見つめることのできる喜びに震えていると、彼はゆっくりと口を開く。

「……今の君の話を聞いて、私も決めたよ。逃げるのは止めにしようって。私だって大好きな君を守りたい。君にだけ戦わせるような真似、したくないんだ」

「えっ……」

間抜けにもポカンと口を開いてしまった。

でも、まさかこんなことを言われるとは思いもしなかったのだ。

私は慌ててカーネリアンに言った。

「そ、そんなことしなくていいのよ。戦うなんて危険なこと、私、あなたにしてほしくないの。気持ちは嬉しいけど、無理はしてほしくない」

心を壊した未来を知っているからこそ、彼の言葉を素直には受け止められなかった。

顔色を変えた私にカーネリアンが言う。

「無理なんかじゃないよ。君が私に示してくれた愛に、私も報いたいんだ。ただ、それだけなんだけど……」

「駄目っ！」

必死に首を横に振った。

思い浮かぶのは、カーネリアンが死んだ時のことだ。

彼を戦わせてはいけないのだ。心の優しい彼を、血生臭い戦いなんかに駆り出してはいけない。

私は再び椅子《いす》から立ち上がると、カーネリアンの側に行き、その手を握った。

「お願いだから、無理はしないで。私、あなたに何かあったら生きていけない」

一瞬、十歳としては少々重すぎる言葉に引かれてしまうかと思ったが、彼は逆に感動したような顔をした。

彼も立ち上がると、もう一方の手を私の手の上に更に重ね、強く握りしめてくる。

「フローライト……私もだよ。私ももう、君のいない人生なんて考えられない」

じっと見つめてくるカーネリアンの目を見れば、彼が本気で言ってくれているのが伝わってくる。

それを嬉しく思いながら、私はいつもの癖で目を瞑った。

こういう時、カーネリアンはキスをしてくれるのだ。だけどいつまで経ってもそれは訪れない。

「？」

不思議に思って目を開ける。

そこには真っ赤な顔をしたカーネリアンがいた。

「カーネリアン？」

「え……いや、フローライト……今の……」

酷く動揺している様子の彼に、私は首を傾げながら言った。

「？　キス、してくれないの？」

「えっ!?」

「だからキス……いつもは――あ」

そこでようやく気がついた。今、私は十歳で、キスをしてくれたカーネリアンは二十歳だったということを。

彼はキス魔で、わりとどこでも何度でもキスしたがる傾向があり、すっかりそれにならされていたのだ。

ちなみに、彼とは最後まで済ませている。

婚約者で、もうそろそろ結婚しようという話だったのだ。結婚するまで貞操を守らなければならない、なんて決まりもなかったし、初めては十八歳の彼の誕生日。魔王が私を攫う二ヶ月ほど前に、彼とは男女の関係になっていた。

そういうわけだったから、その時の感覚を有していた私はすっかり勘違いしてしまったのだ。

昔の……というか、死ぬ前の感覚で、当然キスしてもらえるものだとばかり思っていた。

今のカーネリアンは十歳だというのに。

――うわあああ、恥ずかしい。

頭を抱え、どこかに埋まってしまいたいくらいだ。

現状を理解し、カーッと顔を赤くする私を見たカーネリアンが「あのさ」と口を開く。

何を言われるのか。

キスしてほしかったのか、なんて聞かれたら羞恥で死ねる。

ふるふると震えながらカーネリアンを見る。

彼は期待するように私を見ていた。

「――もしかして、キスして良かったの？」

「えっ……」

「その……私の勘違いだったらすごく恥ずかしいんだけど、もしかしてさっきの、キスして良かったのかな、なんて。だとしたら嬉しいし、もう一度やり直させてもらいたいなって思うんだけど……」

「～～っ！」

ある意味、キスしてほしかったのかと聞かれるよりも恥ずかしかった。

だけどカーネリアンに対し、変な嘘は吐きたくないし、キスしてほしかったのは本当なのだ。だから恥ずかしかったけど、なんとか小さく頷いた。

「え、ええ……。その……羞恥心のない女でごめんなさい……」

――ぷに。

「え……？」

唇に柔らかな感触。

目を瞬かせる。今、何が起こったのか、一瞬本気で分からなかった。

私の手を握ったまま、カーネリアンがニコニコと笑っている。その頬は赤く上気していた。

「カ、カーネリアン？」

「しちゃった。――それとも、駄目だったかな？」

「い、いいえ！」

慌てて首を横に振った。

駄目だなんてそんなことあるわけない。不意を突かれて、まともに反応できなかっただけなのだ。

カーネリアン以上に顔を真っ赤にし、ブンブンと首を横に振る私を見て、彼はホッとしたように微笑んだ。

「良かった。実はね、ずっと君にキスしたいなって思っていたんだ。だからさっき、君が目を閉じてくれた時、夢が叶ったのかな。それともこれは私の願望が見せている白昼夢かなって本気で迷っちゃった」

「……」

照れながらも笑ってくれる彼に、泣きそうになってしまう。

温かく柔《やわ》らかな感触は、最後に触れた冷たい唇とは全然違って、彼が生きて目の前にいるのだと強く感じさせてくれた。

カーネリアンが私を抱きしめてくる。同じくらいの身長。だけどバクバクという彼の心臓の音が聞こえてきて、また更に泣きたくなった。

生きている。私のカーネリアンは生きているのだ。

「フローライト、好きだよ」

身体を少し離し、カーネリアンがもう一度顔を近づけてくる。

今度こそ私は目を閉じた。唇に触れる熱に、酔いしれる。

カーネリアンは、何度も口づけを繰り返し、私もまたそれに応えた。

「……」

十歳でもやはりカーネリアンはカーネリアンだった。

あのキス魔だった彼を彷彿《ほうふつ》させる執拗《しつよう》な口づけに、つい笑ってしまう。

「ふふっ……」

「？　どうして笑ったの？」

喜びを隠しきれず思わず笑うと、カーネリアンが不思議そうな顔で聞いてきた。

それに答える。

「たくさんキスしてもらえて嬉しいなって思って。私、カーネリアンとキスするの好きみたい」

「本当？　実はしつこいって言われるんじゃないかって少し気にしてたんだ。ホッとしたよ」

「しつこいなんて思わないわ。その……カーネリアンらしいなって思いはしたけど」

以前の彼を思い出しながら言うと、カーネリアンは「私らしいって……え？　私って君の中でどんなイメージなの？」と真剣な顔で聞いてきた。

まさかキス魔だなんて言えないので、そこは笑って誤魔化《ごまか》してしまう。そんな私に、カーネリアンは更にキスをしかけてきた。

慌てて受け止める。カーネリアンが悪戯《いたずら》っぽく微笑んだ。

「誤魔化すなんて悪い子だな。そんな子はお仕置きするよ？」

言いながらもその声と目線は酷く甘い。

「別に誤魔化したつもりはないけど……ね、参考までに教えて？　どんなお仕置きをされるの？」

「さあ？　どんなのにしようか。でも、安心して。君が嫌がることはしない。私は君のことが大好きだからね」

甘く告げられる言葉を心地好く聞きながら、ふと、思った。

前回の生で私たちが十歳だった時も、カーネリアンはこんなにも私を好きでいてくれていたのだろうか、と。

私を好きなのは知っている。会うたび好きだと言ってくれたし、その態度に裏がないのは見れば分かったから。

でも、こんなに？

今の彼の私への態度は、大人だった時とほとんど変わらない気がする。

私の愛が少々重すぎるのは前回の生の記憶を思い出してしまったせいで、多少仕方ないことではあるだろうけど、カーネリアンは違うのに。

……いや、本当に違うのだろうか。

もしかしたらカーネリアンにも記憶があって、だから今のような態度だとしたら――。

まさかの考えに辿《たど》り着き、慌ててカーネリアンを見る。

彼は首を傾げていた。その様子に不審なところはない。

――そう、そうよね。そんなことあるわけない、わよね。

カーネリアンに記憶なんてないはずだ。

だってもし彼が前の生のことを覚えていたとしたら、間違いなく『あなたの代わりに戦う』なんて言い出した私が、以前の記憶を有していることに気づくだろうから。

そして気づけば、そのまま無視するはずがない。

きっと涙ながらに抱きしめて、もう一度出会えたことを喜んでくれるだろう。

カーネリアンがどういう人なのか、私はよく知っているのだ。

……ということは、以前も私のことを相当好きでいてくれたけど、私が気づいていなかっただけというのが正解なのだろう。

それはなんというか、かなり……嬉しい。

以前は引き出せなかった彼の姿を、今回は引き出すことができただけなのだろうと結論づける。

すっかり安心した私は、カーネリアンに抱きついた。

「カーネリアン、大好き。お仕置きでもなんでもして」

「……そんなこと言われたら、逆にできなくなるじゃないか。大体私は基本的には君を可愛がりたいって思っているんだから。……私も大好きだよ、フローライト」

「嬉しい」

彼の温もりに触れ、ほうっと長息を吐き出す。

そうして、正直な思いを口にした。

「ねえ、カーネリアン。私、あなたのことが好き。大好き。あなたのためなら何でもしてあげたいって思ってる。だからお願い。あなたは今のままのあなたでいてね。戦わなければならないのなら、私がするから……だから、絶対に武器を手に取ったりしないで」

せっかくこうしてカーネリアンが返ってきたのだ。

この温もりを二度と手放してなるものか。

そのためにも、彼には絶対、戦いになんて触れて欲しくない。

「……フローライト。でも、私は――」

「お願いよ」

眉を寄せる彼の目を見つめる。

カーネリアンは納得いかないという顔をしていたが、私はここは絶対に退けないところだと思っていたし、最後まで退かなかった。

そして――気にしていた頭痛は、いつの間にか治まっていた。

第二章　第一王子アレクサンダー

カーネリアンの死を回避するためにも強くなると決めた私は、次の日から早速修業を開始することにした。

父に指南役を付けて欲しいとお願いすると、内気でいつも部屋に引き籠もって本ばかり読んでいるような娘がまさかそんなことを言い出すとは思わなかったようで驚かれた。けれど自分から行動しようとするのは良いことだと、笑って頷いてもらえた。

母は止めておいた方が良いのではとあまり良い顔をしなかったけれど。

それでも私の決意が固いことを知れば、それ以上は言わないでくれた。

そうして私に付けられたのは、厳しいことで有名な教師だった。

訓練に耐えられれば、確実に強くなれる人なのだけれど、同時に今まで何人もの生徒を脱落させてきた悪名高い人物。

その名をアマンという。

年は三十代半ば。細身の身体を限界まで鍛え上げ、鋭い目つきをした彼は、そもそも存在感からして違った。

こちらが思わず竦《すく》み上がってしまいそうな、強者のオーラを纏《まと》っているのだ。

最初に彼と出会った時、アマンは言った。

「ついてこられないようなら、修業をつけるのはやめる。王女の道楽に付き合うつもりはない」

厳しい物言いだが、私は当然のことと頷《うなず》いた。

おそらく両親は、私が本気なのか試しているのだろう。それは分かっていたし、覚悟なんてとうに決めていた。

カーネリアンが死んでしまう未来を回避するためなら、どんなことでもやってみせると決意していた私は、ここが根性の見せ所だと、アマン——師匠のどんな厳しい訓練にも歯を食いしばり、ついていった。

「ここまでか」

「いえ、まだやれます」

「もうおしまいか。修業は今日まででいいな？」

「いいえ、まだです。まだ、私はやれます！」

一言でも弱音を吐けば、次の瞬間には見捨てられることが分かっているので、こちらも必死だ。

どんなに身体が悲鳴を上げようと、私は根性で立ち上がった。

幸いなことに未来の魔王が言っていた通り、私には莫大とも言える魔力があり、更に言えば、格闘センスもそれなりにあったようで、予想より食い下がってくる私を気に入った師匠は、これでもかとばかりに私を鍛《きた》え上げた。

私も強くなれるのなら大歓迎だと、必死に食らいつき……記憶を取り戻した時から五年経った今では、相当な強者かつ、戦闘狂へと成長した。

訓練しているうちに、うっかり戦い自体が楽しくなってしまったのだ。

全く予想できなかった展開ではあるが、お陰で性格もずいぶんと前向きになったし、強くなったことで自分に自信を持てるようにもなった。

ちょっとやそっとのことではへこたれない根性だってついた。

更には婚約者であるカーネリアンが強くなった私を見て、眉を顰《ひそ》めるどころか「君はどんどん綺麗になるね。楽しそうに戦っている君を見ていると、すごく幸せな気持ちになるんだ。大好きだよ」なんて言ってくれるものだから、ますます戦いに没頭するのも当たり前。最近では師匠にだって八割以上の確率で勝てるようになってきた。

ちなみに「女が戦うなんて」なんて言ってくる男たちはいくらでもいたが、実力でひねり潰しているので何も問題ない。

そういう人たちは、得てして大したことがないのだ。

自分に実力かつ自信がないからこそ、くだらないことを言うのだろう。

己のことで手一杯な私には慈悲《じひ》の精神など持ち合わせがないので、遠慮なく叩き潰しておいた。

ヒールで踏みつけながら「私に勝ってから言えば？」と笑う私を見て、昔は内気で引き籠もりだったなどと言っても誰も信じないと思う。

五年というのは、それほどの時間なのだ。

もう国に、私を内気な大人しい王女なんて思っている者はいない。

戦闘狂の王女。

心優しい王子が婿入りしてくれるそうだから、それくらいで釣り合いが取れてちょうど良いとまで言われている。

考えてしたことではなかったが、結果としてカーネリアンが歓迎されているわけだから良かったのではないだろうか。

父からも最近は「カーネリアン王子がお転婆《てんば》なお前を受け入れてくれる器の広い方で本当に良かったな」と言われる始末だ。

母にも「あなたたちは男女が逆転していて……ある意味お似合いよね」と呆《あき》れたように言われた。

まさか自分が『お転婆』なんて言われる日が来るとは思わなかったから驚きである。

そうして未来への準備を着々と進め、来たるべき日には魔王を返り討ちできるよう更に強くなるぞと意気込む私は、今日も今日とて師匠との組み手を行っていた。

満足するまで打ち合い、休憩時間となったので、床に置いておいたタオルで汗を拭く。

今日はあと二戦くらいはできるだろうかと考えていると、そこに私を探しにきたらしい女官がやってきた。

「姫様」

「あら、ステラ。何か用？」

女官の名前を呼ぶ。彼女は私付きの女官のひとりだ。

私より五つ年上の商家出身。普段は普通に接してくれるのだけれど、訓練中の私は怖いようで、ちょっぴり腰が退けている。それでも何とか用件を告げてきた。

「そ、その……陛下がお呼びです」

「お父様が？」

父が呼んでいると聞き、首を傾げる。

一体何の用なのだろう。鍛錬中だということは父も知っているはずなのに。

それでも父の呼び出しならば行かなければならない。師匠に事情を説明し、汗を流してドレスへと着替えてから父の執務室へと向かった。

「お父様、お呼びと伺いましたが」

入室許可を得てから、中へと入る。

そこでは父が宰相に応援されながら、一生懸命書類にサインをしていた。

父と宰相は幼馴染《おさななじ》み。子供の頃から友人関係を築いていたこともあり、かなり気安い間柄なのだ。

「陛下。それが最後の一枚です。頑張ってください」

「わ、分かった……。すまん、フローライト。少しの間、ソファにでも座って待っていてくれ」

「分かりました」

ヒィヒィ言いながら働く父に頷き、ソファに腰掛ける。近くに控えていた侍従がやってきて、私に聞いた。

「何かお飲み物を用意いたしましょうか」

「そうね、温かいものをお願い」

「承知いたしました」

侍従が下がる。しばらくして侍従はトレイにチョコレートとティーポット、ティーカップなどを載せて戻ってきた。

ポットからは甘い匂いがしている。

「そのお茶は？」

「レッドティーです。フルーツが入っておりますので、甘い匂いがするでしょう？」

レッドティーとはカフェインレスのお茶だ。

寝る前にカフェイン入りのお茶を飲むのは良くないと聞き、試しに飲んでみたところ、嵌《は》まってしまったのだ。

別に紅茶が嫌になったというわけではないのだけれど、最近はレッドティーばかりを好んで飲んでいる。

それをこの侍従も知っていたのだろう。用意されたお茶は香りが好みで、期待が高まる。

「美味しそうね」

口に含むと、レッドティー特有の癖《くせ》と、ベリーの匂いを感じた。

砂糖の類《たぐ》いは入っていないのに少し甘いような気がする。

「良いわね」

気分転換に飲むにはちょうどいい。

皿にざらりと盛られたチョコレートを囓《かじ》りながら、お茶を楽しむ。

運動した直後ということもあり、気づけば五粒もチョコを食べてしまった。

「待たせたな」

ちょっと食べ過ぎたかなと思っていると　書類を片付けた父が疲れた顔をしてやってきた。

私の正面にあるソファにドサリと腰掛ける。

「お疲れ様です」

思わず告げると父は「ああ、ありがとう」と微笑んでくれた。

父は気性の優しい人で、そういうところはカーネリアンと少し似ている。

黒い髪と紫色の瞳を持つ私の父は、まだ三十代ということもあり外見も若々しく、働き盛りだ。毎日宰相と一緒に夜遅くまで仕事に明け暮れていることは知っている。

「それで、お父様。私をお呼びと伺《うかが》いましたが」

「ああ、そう。そうだった」

自分にも用意されたチョコレートを摘まみながら、父は目を瞬《しばた》かせる。

どうやら忙しすぎてすっかり用件のことが頭から飛んでいたらしい。

父が宰相に目配せする。

宰相は心得たように頷き、執務机の上に置いてあった手紙を父に手渡した。その手紙を父が私に差し出して来る。

「お父様？」

「隣国、スターライト王国でひと月後に国王の在位二十五周年を記念した夜会が開かれる。我が国にも招待状が届いたのだが、名代としてお前が行かないかと思ってな」

「私、ですか？」

パチパチと目を瞬かせる。

そういう話を持ち出されたのは初めてだったので意外だった。

「本来なら私か宰相が出るのだが、お前ももう十五歳だろう。カーネリアン第二王子の婚約者ということもあるし、人前に出る練習として行ってみるのも悪くないと思ってな」

「……」

父から手紙を受け取り、中を確認する。

中には白いカードが入っていて、父が言った通りのことが書かれていた。

夜会の招待状なんて初めて見たと思っていると、父がゴホンと咳《せき》払いをする。

「私としてもそろそろ今後を見据《みす》えて、お前を他国に顔出しさせておきたいのだ。スターライト王国ならお前の婚約者もいる。そこまで不安になることもないだろう。……正直、昔のお前のままなら行かせるべきか悩んだのだがな。今のお前なら、問題ないと判断した。もちろん出席の可否はお前が決めて構わないが……どうする？」

「行きます！」

父の問いかけに、即座に答えた。

在位二十五周年を祝う夜会。

昔の私なら父が心配するように恐れ戦き、無理だと断っただろうが、今は違う。

何せスターライト王国の王家主催の夜会なら、間違いなくカーネリアンに会えるのだ。

しかも私たちは婚約者だから、きっとダンスの機会だってあるだろう。

——カーネリアンとダンス……！

想像して顔がにやけた。

絶対に楽しいだろうと思えたのだ。

前の生では私が内気すぎたせいで、彼と一緒に夜会なんて夢のまた夢だった。だからチャンスが巡ってきたことがすごく嬉しい。

私が参加意志を表明すると、父は笑顔で頷いた。

「そうか、分かった。では、先方にはお前を出席させると返事をしておくからな」

「はい、お願いします！」

父と話を終え、部屋の外に出る。

急いで向かうは、自分の部屋だ。

今の話をカーネリアンに伝えるため、手紙を書こうと思ったのだ。

彼の国はお隣で、そこまで遠くはないが、毎日会えるものでもない。カーネリアンが何とか時間を作っては来てくれるのだけれど、彼だって第二王子で忙しいのは知っている。

我《わ》が儘《まま》は言えないので、せめてもの手段として手紙をやり取りしているのである。

手紙は週に二回から三回程度。

その時にあった出来事などを細やかに書き留めて、送っている。

部屋に戻った私は机の引き出しから便箋と封筒を取り出し、早速羽根ペンを握った。

「拝啓、カーネリアン様――」

彼のことを思いながら手紙を書く時間は幸福だ。

あれもこれもと思いつく限りのことを手紙にしたため、封をする。

『――カーネリアンへ』

魔力を込めた息を手紙に吹きかける。手紙はキラキラと光り、ふっと消えた。

送る相手を強く想像して魔力を込めると、その相手に直接手紙を送ることができるのだ。

わりとコツがいる魔法で、以前の私にはできなかったが、毎日師匠から魔法と体術の訓練を受けている今の私には造作もなかった。

ちなみにカーネリアンは当然のようにできる。

彼が苦手なのは戦いだけで、それ以外のことはどんなことでもスマートにこなすのだ。

座学の成績も教師が舌を巻くほど優秀で『その戦いを厭う性格さえどうにかなればなあ』と言われているのだけれど、私からしてみれば、余計なことはしなくていい！　と声を大にして言いたいところだ。

カーネリアンの心を傷つけるようなことをしたら、絶対に許さない。

完全に未来の死んでしまった彼の姿がトラウマとなっているのは分かっていた。でも払拭できないのは当然だろう。

私がその悪夢から解放される時があるとするなら、きっとあの未来を乗り越えたあとだ。

それまでは、どうしたって儚くなってしまったカーネリアンの姿が脳裏から消えないと分かっていた。

「……駄目ね。余計なことばかり考えてしまう」

気を取り直す。せっかく楽しい気持ちだったのに、悲しくなってしまった。

今考えても仕方ないことは棚上げして、彼からの返書を楽しみに待っていよう。

出した手紙に返事が来たのは、次の日。

返書にはカーネリアンが私の夜会参加を喜んでいることが書かれてあった。良かったら一緒に踊りたいともあり、私は大喜びでまた返事をしたためた。

そうして何度か手紙をやり取りしている内に時は過ぎ、気づけば出発の日となっていた。

◇◇◇

「フローライト！」

「カーネリアン」

スターライト王国の王都、その王城に着いた私は馬車から降りるや否や、声を掛けてきた人物に目を向けた。

スターライト王国までは、馬車を使えば三日の行程だ。

世の中には転移魔法という便利なものもあるが、かなり高度な魔法で使える人は限られているし、そもそも他国への公式訪問に使用するものでもない。

規定通り三日掛けて、まずはリリステリア王国の大使が管理している館へ赴《おもむ》き、そこで改めて支度をしてからやってきた。

私が着ているのは、紫色のドレスだ。

紫はリリステリア王国では貴色とされていて、王族は正装時にこの色を纏うことが多い。

私の目の色でもあった。

ドレスは細身で、スカートにあまり膨《ふく》らみのないデザインだ。

肌見せはほとんどなく、その代わり、レースやフリルが多く使われている。

あまり高くないヒールを履《は》き、髪は結い上げ、手には扇。夜会に扇を持つ女性は多く、私もそれに倣《なら》っている。

あとは肘《ひじ》まで長さのある手袋と、アクセサリー。

我ながらなかなか美しく装えたと思っているのだけれど。

ちらりとカーネリアンの反応を窺《うかが》う。ドレスアップした私を見て、どういう表情をしているのか気になったのだ。

私と視線が合ったことに気づくと、彼はにっこりと笑った。

「会えて嬉しいよ。そのドレス、リリステリア——いや、フローライトの色だね。とてもよく似合っているよ」

嘘《うそ》がないと分かる言葉に、ホッとする。私も自然と笑顔になった。

「ありがとう。やっぱり国を代表する色だから、気が引き締まるわ」

お気に入りポイントを告げると、彼は頷きつつ、少し残念そうに言った。

「……本当は君にドレスを贈りたかったんだけどな。さすがに国の代表として来るのにそんなことはできないから我慢したけど……次の機会があれば、私の贈ったドレスを着てくれる？」

「カーネリアンが贈ってくれるの⁉　ええ、喜んで！」

好きな人からドレスを贈ってもらえるなんて、まさに乙女の夢だ。

彼はどんなドレスを用意してくれるのだろう。次がいつかも分からないのに、もう楽しみになってくる。

「楽しみだわ」

「そう言ってくれると嬉しいな。……君には私の目の色を意識したドレスを贈りたくて……その……格好悪いと思われるかもしれないけど、君は私のものだって皆に示したいんだよ」

「えっ……」

照れくさそうに添えられた言葉に、カーッと顔が赤くなっていく。

まさか彼がそんな風に考えてくれていたとは思わなかったのだ。

分かりやすく独占欲を見せられたのが嬉しくてもじもじしていると、カーネリアンが私の手を握りながら言った。

「君は綺麗で格好良い人だから、少しでも牽制《けんせい》したくて。今日だってすごく綺麗だから焦ってしまうんだ。誰かに取られないかって。……ごめん、余裕がなくて格好悪いよね」

「そんなこと思うわけない。それにカーネリアンが心配する必要なんてないわ。だって私、国ではお転婆姫、なんて言われているのよ？」

「だから何？　君が綺麗な人であることに変わりはないよね？」

「……カーネリアン」

恥ずかしげもなく真《ま》っ直《す》ぐに告げられた言葉が嬉しい。

カーネリアンが本気で言ってくれているのが分かるから、余計に心に響くのだ。

照れながらも彼を見つめると、カーネリアンは笑って私の額にキスをくれた。

唇でないのは、周囲に人がいることを考慮してくれたのだろう。

幸せな気持ちで彼を見る。

彼もまた、今日の夜会に合わせて煌びやかな格好をしていた。

黒を基調とした丈の長い上着が、彼の銀色の髪をより素敵に見せているような気がする。

十五歳という年になり、カーネリアンは私が知っている二十歳の頃の彼の姿へと近づいた。

身長が伸び、顔立ちからは子供っぽさが少しずつ抜けていく。

元々カーネリアンは整った容貌をしていたが、最近では更に磨きが掛かったように思える。体つきも細身ながらがっしりとしてきており、ひ弱さのようなものは感じなかった。

そして何より彼の姿はハッとするほど美しく、色香があるのだ。

十五歳の少年が醸《かも》し出すとは思えない色気。大人でも子供でもない今の彼だけが出せる独特の雰囲気はきっと皆の視線を奪っていると確信できた。

間違いなく彼はモテるのだろう。

誰だってこんな美少年、放っておくはずがないと思うからだ。

正直、私なんかより、余程彼の方が心配だ。そう気づいた私は眉を中央に寄せ、呟いた。

「……やっぱり、今日の夜会、参加して良かったわ」

「フローライト？」

「私より、あなたの方が心配だって思ったの。あなたは私の婚約者なのに、他の女性がきっと黙っていないだろうなって……すごく嫌だなって」

「え、まさか」

私の心配を彼は笑い飛ばした。

「君と違って私はモテないから、そんな心配する必要ないよ」

「嘘。絶対にいっぱいいるわ。だってカーネリアンってとっても素敵な人だもの。私がちゃんと見張っていないと、婚約者から奪ってやれ、なんて考える不届き者がいないとも限らないし」

私としては本気も本気だったのだが、カーネリアンは何がおかしいのか、ずっと笑っている。

「あはは……！　君がそう言ってくれるのは嬉しいけどね、あり得ないよ。私は軟弱者の王子だから」

瞬間的に、頭に血が上る。

かっとなり、思わずカーネリアンに詰め寄ってしまった。

「は？　誰がカーネリアンのことを軟弱者なんて言ったの！　教えて！　私、今すぐそいつを叩きのめしてくるから！」

カーネリアンは私の全て。

二度と傷つけさせないと決めた、私の生きる意味なのだ。

その彼を『軟弱者』だなんて言葉で貶《けな》す者がいるなんて、とうてい許せるはずがなかった。

眦《まなじり》を吊り上げると「私は気にしてないから」と宥《なだ》められる。だが、素直に「はい、そうですか」とは言いたくない。

「気にしてないから良いってものでもないわ。カーネリアンは優しすぎるのよ」

「そうでもないし、本当に良いんだよ。だってこうして君が怒ってくれるんだからね」

クスクスと笑うカーネリアンはとても嬉しそうだ。

どうして喜んでいるのかと思いながらも口を開いた。

「怒るに決まっているでしょ。大事なあなたを馬鹿にされて黙っているほど薄情ではないつもりよ」

「薄情どころか、君はかなりの情熱家だよね。でも本当に気にしていないから」

「……カーネリアン」

「さっきのモテるって話もね。君にさえモテているのならそれで十分なんだよ。他なんていらない」

「そう言ってくれるのは嬉しいけど、周りは放っておいてくれないと思うわ。だってカーネリアンってすごく綺麗な人だもの」

改めて彼を見て、頷《うなず》く。カーネリアンは「そうかな」と本気にしていない様子だ。

これはますます私が彼を女性たちの魔の手から守らなければと決意していると、カーネリアンが軽い口調で言った。

「心配しすぎだと思うけどなあ。だって、モテるといえば、兄上がいらっしゃるし」

「アレクサンダー殿下？　確かにあの方がモテるという噂《うわさ》は私も知っているけど……」

兄という言葉に反応する。

第一王子アレクサンダーは、私たちの二つ上。今年、十七歳になる王太子だ。

カーネリアンは第二妃の子供だが、アレクサンダーは正妃の息子。

今の私は一度も会ったことがないが、以前の生では何度か会ったし会話もしている。

性格は自信家で、眩《まぶ》しい太陽のような雰囲気を持っている。

能力も高く、帝王学に魔法と、できないことはないと言われる万能の王子。

中性的で女顔よりのカーネリアンとは違い、雄味のある精悍《せいかん》な顔つき。

金髪碧眼《へきがん》の華やかな容姿だったことを覚えている。

特に欠点らしい欠点のない次代の国王。

彼がモテるのはまあ……当たり前だし、うちの国でも噂になっているくらいだから相当なものなのだろうが、そもそもアレクサンダー王子とカーネリアンは全くタイプが違うのだ。

彼と比べるのは間違っていると思うし、カーネリアンの容姿は十二分に女性を引きつけるものだと確信できる。

どうにもカーネリアンは分かってくれていないみたいだけれど。

「……自分を知らないいって怖いわ」

「フローライト」

ため息を吐いていると、カーネリアンが私の名前を呼んだ。

彼を見る。カーネリアンはさっと私の腰を引き寄せながら言った。

「そろそろこの話は止めようよ。私は君以外に興味はないし、それは君も同じだよね？」

「それはそう……だけど」

じっと見つめられる。その瞳にはひと目で分かるくらいに甘みが混じっていた。

「だったらもういいじゃないか。せっかく久しぶりに会えたんだよ。モテるとかモテないとかいうどうでも良い話ではなく、もっと楽しい話をしたいし、君と触れ合いたい」

「っ！　そ、そうね」

確かにカーネリアンの言う通りだ。

彼を狙っている女性たちのことは気になるが、それはカーネリアンより優先される事柄ではない。

私としても彼との夜会を楽しみにしてきたのだ。まずは楽しもう。そう思った。

気持ちを切り替え、カーネリアンに笑顔を向ける。

「私、今日の夜会をとても楽しみにしてきたの。お仕事だということは分かっているわ。でも、カーネリアンに会えるし、ほら、夜に会うのって初めてでしょう？」

いつも会うのは昼間ばかりで、夜の時間を過ごしたことはない。

初めての経験を楽しみにしていたと告げると、カーネリアンも同意した。

「私も君に会える日を指折り数えて待っていたよ。ねえ、フローライト。手紙で約束した通り、今夜は私と踊ってくれるんだよね？」

「ええ、もちろん」

「良かった」

カーネリアンがにっこりと笑う。腰に回した手に軽く押され、歩き出す。

私たちの後ろには、連れてきた外交官たちが付き従う。

国王の在位二十五周年を祝う夜会にリリステリア代表として来たのだ。それなりの人数は連れてきた。武官もいるけれど、彼らは中には入らない。近くで待機することが決まっている。

「あら？」

そういえばと、そこで気づく。私たちの周りには誰もいなかった。王家主催の夜会ならたくさんの出席者がいるだろうにどうしてだろうと思っていると、私の疑問に気づいたのか、カーネリアンが言った。

「他の参加者たちはここととは別の入り口から来ているんだよ。その……君と久々に会えるんだ。あまり周囲の目を気にしたくないなと思って」

「カーネリアン……」

嬉しいことを言ってくれる彼に気分が上昇する。カーネリアンの腰を抱く手に力が籠もった。

「少しくらい君と話せる時間が欲しかったんだ。私たちは頻繁《ひんぱん》に会えるわけでもないからね。まあ、それももうすぐ終わりなんだけど」

彼の言うとおり、少し先の廊下にはドレスアップした人々が歩いていた。

夜会の参加者なのだろう。

彼らは私やカーネリアンに気づくと頭を下げてきたが、それは形式的なものでしかないように思えた。

他国の人間である私に対してならそれも分からなくもないのだけれど、カーネリアンに対しても同じということが気に掛かる。

王族に対し、自然と滲《にじ》み出てくるはずの敬意というものをほとんど感じないことが不快だった。

「……」

「いいよ、今更だ。気にしてない」

「でも」

私の雰囲気から察したのか、カーネリアンが首を横に振る。

彼は苦笑しながら言った。

「元々私は第二王子で、兄上のスペアでしかないからね。兄上が立派に王太子として成長した今となっては、スペアはもう必要ないから、さっさと出ていってくれとでも思われているんじゃないかな」

「……何それ」

「君も知ってるでしょう？　王家も貴族も第二子以降は皆、似たような扱いだよ。育ってしまった今となっては、城内で下手に勢力を伸ばされても困るし、もはや厄介者《やっかいもの》でしかないんだ」

すでに第一王子アレクサンダーが王太子として立っている今、第二王子であるカーネリアンは必要ない。

むしろ争いの火種となられても困るのでさっさと出ていって欲しい。そういうことのようだ。

私も貴族社会に生きている。だからその考えを理解できないとは言わないけれど、それがカーネリアンというのなら話は別だ。

私の大切なカーネリアンを要らないとか、本当にふざけている。

「……要らないなら、もうさっさとうちの国にくれればいいのに」

「フローライト？」

ムッとしつつも言うと、カーネリアンが首を傾げた。さらりと肩まである銀糸が揺れる。

カーネリアンの銀色の髪はキラキラとしてとても綺麗なのだ。

私の黒髪とは全然違っていて、昔から好きだなと思っていた。

彼の髪に手を伸ばし、触れる。手触りが心地好い。

「要らないならさっさとリリステリアにくれればいいのにって、そう言ったの。だってうちの国は、皆あなたのことを待っているのに。お転婆姫の私の手綱を握ってくれる人だって、お父様も期待しているわ」

「えっ!?」

私の言葉に、カーネリアンが驚いたような顔をする。

だが別に、隠すようなことでもないのだ。

「うちの国では、皆、あなたを待っているのよ。だから、カーネリアンが嫌な思いをするくらいなら、もううちの国に来てしまえばいいのにって思って」

結婚はまだ先だが、婚約者として城に滞在くらいならできるだろう。

そう思い告げると、カーネリアンは目を丸くした。

「えぇっと……私は君の国で歓迎されてるの？」

「？　気づかなかった？　わりとあなたが来た時、皆、好意的だったように思うのだけど」

「いや、それは分かっていたけど……ほら、私は君の婚約者だし気を遣ってくれているのかと」

「そんなわけないじゃない。今や、指南役の教師をも倒す、暴れん坊な王女を頼むから何とかしてくれと皆、あなたに期待しまくっているのよ。酷いわよね。自国の王女を捕まえて『暴れん坊』とか『お転婆姫』とか」

肩を竦め、ちらっと後ろを見る。

外交官たちは「話なんて聞いていませんよ」みたいな顔をしていたが、ちょっと口の端が笑っていることには気づいている。きっと思い当たる節があるのだろう。

カーネリアンは後ろの面々と私とを交互に見た後、堪えきれないというふうに笑った。

「そ、そうか……。そうなんだね……お、お転婆姫……」

「ええ。今更あなた以外に貰ってくれる人なんていないだろうから、絶対に逃すなとお父様からは厳命を受けているわ」

「厳命……ふふっ、それは大変だ……」

何が面白いのかカーネリアンはクツクツと笑い続けている。楽しそうで何よりだが、今の話のどこに笑いの要素があったのだろう。

私としては全く笑えないと思っているのだけれど。

憤然《ふんぜん》としていると、ようやく笑いを収めたカーネリアンが私を見る。そうして酷く優しい表情と声で言った。

「それじゃあ、責任持って君のことを貰わないとね」

「ええ。そうしてもらわなければ困るの。あなたは皆の期待の星なのよ」

「分かった。……なんだろう。君と話していると、真面目《まじめ》に悩んでいた自分が馬鹿らしくなるよ。戦いのこともそうだし、第二王子という立場のことも全部が全部、悩むことなんてなかったかなって思えてくる」

楽しそうに告げるカーネリアンだが、彼が本気で悩んでいたのだろうことはさすがに分かった。

というか、戦いのことは置いておくにしても、彼が第二王子という立場に悩んでいたことは前回の生では気づかなかったので、正直驚きでもあった。

私とカーネリアンは愛し合っていたはずなのに。そこに嘘はないと断言できるのに、こうして以前よりも親密に付き合っていると、前には見えていなかったものが見えてくる。

前の彼は自国を愛していて、第二王子という立場でも何かできないかと常に考え、行動していた。

私と結婚するまでの間に、少しでも国の役に立っておきたいんだと笑みを浮かべて言っていた。

それを私は信じていたし、彼の本心であったことも分かっているけれど。

彼が自国で要らない者扱いを受けていたことなんて知らなかった。

私は引き籠もりで彼に来てもらってばかりで、スターライト王国に行ったことがなかったし、初めて訪ねたのは私が攫われて、助けてもらったあと。

そしてその時にはもうカーネリアンは最強王子として、皆から敬われていたから。

こんな状況に彼が置かれていたなんて本当に知らなかったのだ。

何も気づけなかった自分に腹が立つ。

だけどそれは終わってしまった未来の話で、今とは違う。

こうして現状を知ったのだ。これからのことは、可能な限り私が変えていけばいい。

私はできるだけ明るい顔と声を作ると、カーネリアンに言った。

「それは良かったわ。ね、カーネリアン。優しいあなたには難しいことかもしれないけど、私はね、あなたを大切にしない人たちのためにあなたが傷つく必要なんてないと思うの。私たちリリステリアはあなたを歓迎しているし、むしろあなたが第二王子で良かったと思っているくらいなんだから。だってあなたが第二王子でなかったら、私の婿に貰えなかったもの」

もしカーネリアンが第一王子だったとしたら、婚約者になどなれなかっただろう。

言い方は悪いが『要らない』とスターライト王国が手放してくれたからこそ、うちの国は彼を婿として迎えることができるのだ。

「だからむしろありがとうって感じよ。戦いが好きではなくても、そんなことうちの国の人たちは全然気にしないし。もう一日も早く来てほしいって思っているわ」

胸を張りながら告げると、カーネリアンはクスクスと笑った。

「そ、そうだね。何せ私は君の手綱を握ることを期待されているのだものね」

「ええ。その一点が最重要ポイントなのよ。……だからね、カーネリアン。お願いだから心ない人たちの言葉に傷つかないで。こうしてあなたを必要としている人がいることを知っていて。私たちはいつだってあなたのことを大切に思っているし、歓迎している。それを忘れないでほしいの」

カーネリアンが目を見張る。そうして私の手を握ると、その甲に口づけた。

「ありがとう、フローライト」

「……えっと、じゃあもう夜会が終わったら、私と一緒にリリステリアに戻っちゃう？」

そっと尋ねる。

本気も本気だったのだが、カーネリアンは首を横に振った。

「お誘いは嬉しいけどね。この国に私が今まで育ててもらったことも事実なんだ。だから君の国に貰われる時まで、少しでも何か返せるように頑張ってみるつもりだよ」

「カーネリアン」

以前聞かされたのと同じ言葉を返され、少しだけ悲しくなった。

カーネリアンが私の髪を撫《な》でながら言う。

「ねえ、フローライト。私は逃げるだけの男になりたくないんだよ。君が私のために頑張ってくれているのは知っている。でもそれを享受するだけなのは嫌なんだ。君の隣に胸を張って立てる男でありたい。そのために私はこの国でギリギリまで頑張りたいんだ」

「……そんなこと、気にしてくれなくていいのに」

私がやりたいからやっているだけだ。だがカーネリアンは頷かない。

「嫌だよ。私は君に格好良いって思ってもらいたいんだから」

「……もう十分格好良いと思うわ」

紛れもなく私の本心だったのだが、彼は「全然足りないよ」と取り合わない。

「私の目標には全然到達していないからね。フローライト、私はね、君にもっと惚れられたいんだ」

「えっ……」

「だって私の好きの方が絶対に大きいからね。私の愛の重さに嫌気が差して逃げられないように、より惚れてもらおうかなと」

「……」

茶目っ気たっぷりに言われた言葉が本気なのかどうか摑めない。でも――。

「それ、間違っているわ。絶対に私の方があなたのことを好きだから」

それだけは間違いない。

何せ彼と共に生きるためだけに、ここまで突き進んできたのだ。

生半可な覚悟なら、強くなることだってとうの昔に諦めていた。

「そうかなあ。君は私の好きを見誤っている気がするけど」

「そんなことあるはずないじゃない」

ムッと頰を膨《ふく》らますと、カーネリアンがその頰をツンツンと突いてくる。

「うん、拗《す》ねても可愛いだけだよ。本当、いつも可愛いね、フローライト」

「そんなこと言ってくれるの、カーネリアンだけだから」

お転婆姫な私を可愛い、可愛いと目を細めて告げてくれるのはカーネリアンだけだ。

そう言うと、彼は「いいじゃないか」と笑って言った。

「私だけが君の魅力を知っているのなら、それに勝るものはないよ。……ね、君のこと、絶対に離してあげないからね。ちゃんと私のこと貰ってよね。嫌だと言っても押しかけてやるから」

「あ、当たり前よ」

むしろそれは私の台詞《せりふ》ではないだろうか。

頷くと、カーネリアンは嬉しそうに表情を緩めた。

「良かった。私の将来は安泰だね」

そうして「じゃあ行こうか」と私に向かって手を差し出してくる。

その手を取る。

夜会会場に向かって歩きながら彼の横顔を見つめた。なんとなく嬉しくなって、笑いが込み上げてくる。

「ふふっ……」

「どうしたの？」

「なんでもない」

はにかみながらも首を横に振る。私の機嫌が良いのが分かったのか、カーネリアンもそれ以上は聞いてこなかった。

だけど私の手を握る力が強くなる。応えるように私も強く手を握り返した。

「カーネリアン、大好き」

気持ちが昂ぶり、気持ちを口にする。前を見ていたカーネリアンが振り返り「私もだよ」と目を細め、優しく言ってくれたのが幸せだった。

◇◇◇

カーネリアンに控え室へと案内された私は、連れてきた外交官たちと打ち合わせを行い、リリステリア王国代表として、夜会に参加した。

父の代わりに祝辞を述べたが、それも上手くいったと思う。

今回の夜会に参加していた各国の代表たち全員の祝辞も済み、ようやく堅苦しい時間が終わる。

あとはめでたい席を楽しむだけだ。

一緒に来ていた外交官たちに集合時間を告げ、それまで自由にしていいことを伝えておく。ここには他にも色々な国の外交官たちが来ているのだ。情報収集する場であることは分かっていたし、そうさせるよう父から指示も受けていた。

「それでは、姫様。後ほど」

「ええ、私は大丈夫。すぐにカーネリアンが来てくれると思うから」

あとで落ち合うことを約束する。

外交官たちが離れ、ひと息ついた。思った以上に緊張していたようだ。

ダンスホールを見回せば、人々が楽しげに踊っている。宮廷楽団が音楽を奏でていた。曲はスターライト王国出身の作曲家が作ったもの。

簡単なリズムなので初心者でも踊りやすい。参加者に配慮しているのだろう。

「……綺麗」

初めて参加した夜会は煌びやかで、思わず息を呑んでしまうほど美しく、まるで別世界に紛れ込んでしまった心地だ。

昔の引き籠もりがちな私ではきっと萎縮して、何もできなかっただろう。心身共に鍛え、強くなった今だからこそ、素直に楽しめるのだと分かっていた。

「フローライト、お待たせ」

ぼんやりと夜会の光景を楽しんでいると、カーネリアンがやってきた。

「父上に祝辞を述べる君の姿を見ていたよ。堂々としていて格好良かった。君の婚約者であることを自慢に思ったよ」

「ありがとう」

カーネリアンに褒《ほ》めてもらえると自信がつく。

彼は私に手を差し出し、はにかみながらも口を開いた。

「あのさ、約束した通り、私と一曲踊ってくれる？　君のファーストダンスの相手は私でありたいんだ」

「喜んで」

差し出された手に己のものを重ねる。

今日の夜会ではこの時間を一番楽しみにしていたのだ。

カーネリアンのエスコートでダンスホールに行くと、皆が遠慮したのか中央が空く。そちらに移動しながら、彼とのダンスを楽しんだ。

カーネリアンのリードは的確で踊りやすい。私もダンスは得意な方だが、彼はまるでダンス講師のように上手かった。

「カーネリアン、上手ね」

踊りながら思わず告げると、カーネリアンは「そりゃあね」と悪戯っぽく笑った。

「君と踊るんだもの。格好悪いところは見せられないよ」

「どんなカーネリアンでも好きなのに」

「そう言ってくれるのは分かっているけど、やっぱり私にも矜持《きょうじ》というものがあるからね。でも、そういうフローライトもすごく上手だと思う。……もしかしてリリステリアで他の誰かと踊ったことでもある？」

最後の言葉をじとっとした低い声で言い、カーネリアンが私を見てくる。

これは嫉妬《しっと》かなとドキドキしながら正直に答えた。

「まさか。ダンス講師としか踊ったことはないわ。しかも講師は女性。男性はあなたが初めてよ、カーネリアン」

「そう、良かった」

分かりやすく声が跳ねる。

どうやら機嫌を損ねずに済んだらしい。

曲が終わる。お辞儀をすると大きな拍手に包まれた。カーネリアンが婚約者と踊っているということで、かなり注目されていたようだ。

必要以上に目立つのもよくないので、ダンスホールから離れる。喧噪から逃れるようにバルコニーへ出た。

夜風が気持ち良い。私たちの他には誰もいないので、ここなら気にせず寛《くつろ》ぐことができそうだ。

「……喉が渇いたわ」

息を吐き出すと、初めてのダンスで緊張していたのか、喉が酷く渇いていたことに気がついた。カーネリアンが笑って言う。

「ちょっと待ってて。今、何か飲み物を貰ってくるから」

「ありがとう」

「すぐに戻るよ。フローライトはここにいてね」

「ええ」

彼の帰りをバルコニーの欄干にもたれ、待つことにする。

空を見上げた。夜空には銀色の星々が瞬いており、まるでカーネリアンのようだ。

「……痛っ」

ツキン、と額が痛む。反射的に手で押さえた。

実はここのところ、頻繁な頭痛に悩まされているのだ。

最初は、月に一度程度。

たまに痛いなと思うくらいだったのに、日に日にその頻度は上がっていき、今では二日に一回は頭痛に苛まれていた。

不思議《ふしぎ》とカーネリアンと会った日やその後しばらくは調子が良いのだけれど、それ以外は全く駄目だ。

医者にも診てもらったがなんの異常もないということで、ほとほと困り果てていた。

「もう……なんなんだろう。この、頭痛……」

ジクジクと痛む額を指でグリグリと押さえる。こんなに痛くては、せっかくの楽しい夜会が台無しだ。

大体はしばらく大人しくしていると落ち着いてくれるのだけれど、今日はどうだろうか。

せっかくカーネリアンと一緒にいられる日なのだから、うまく鎮《しず》まって欲しかった。

「はあ……」

深呼吸を繰り返す。幸いにもしばらくすると頭痛は軽い痛みはあるものの、我慢できる程度に治まっていった。

ほっとひと息つく。誰かがバルコニーへ続く窓を開けるのが見えた。

「？」

誰か来たのだろうか。

カーネリアンが戻ってくるにはまだ早い。彼にはここで待つように言われたが、場所を空けた方が良いか迷っていると、その人物がバルコニーへ出てきた。

「フローライト王女」

「……あ。アレクサンダー殿下」

やってきたのは、アレクサンダー王子だった。

カーネリアンの腹違いの兄。上質な夜会服に身を包んだ彼は、十七歳という年にもかかわらず、まさに王太子という風格があった。

優秀な王子。だけど婚約者はまだいなかったはず。

第二王子のカーネリアンとは違い、アレクサンダー王子は国を継ぐ。その相手を適当には選べないということなのだろう。彼の婚約者選びは、裏で相当な駆け引きがあるのだろうなと窺い知れる。

金髪碧眼のアレクサンダー王子は、顔立ちの整った魅力的な男性で、カーネリアンが自分よりも兄の方がモテると言うのも分かるが、私にはカーネリアンの方が百倍素敵に思えた。

惚れた欲目ということは分かっているが、それの何が悪いというのか。

私にとってはカーネリアンがナンバーワンでオンリーワンなのだ。

私はさっと姿勢を正し、優雅に一礼して見せた。

「初めまして、アレクサンダー殿下。リリステリア王女、フローライトでございます。それで……どうなさいましたか、アレクサンダー殿下。何か私に用でも?」

前の生では少し話したことはあるが、今回はこれが初対面のはずだ。

丁寧に挨拶すると、向こうも普通に返してくれた。

「これは失礼した。俺はアレクサンダー・スターライト。スターライト王国の第一王子だ。あなたの婚約者であるカーネリアンの兄だな」

「はい、存じております」

無難に受け答えしながらも、アレクサンダー王子の様子を窺う。

彼が、カーネリアンがいないこのタイミングをわざと狙ってバルコニーへやってきたことには気づいていた。

何せアレクサンダー王子は頭の良い、策略家タイプの人物だから。

前回の生で、彼に会ったのはカーネリアンが亡くなる少し前で、私は最初彼のことが怖くて仕方なかった。だけどアレクサンダー王子は、弟であるカーネリアンをかなり気に掛けてくれていて、それを知ってから苦手意識はなくなっていったのだ。

だから彼に対して悪い印象はないし、実は良い人だということも知っているのだけれど、今の彼が何を考えているのかは分からない。

じっと彼を見つめる。アレクサンダー王子はそんな私に気づくと、にやりと笑った。

「ああ、いい。そういう腹の探り合いは止めておこう。互いに敬語もなしだ。是非、弟の婚約者殿には本音で話してもらいたい」

「……どういうこと？」

アレクサンダー王子の真意が摑めず、眉を寄せる。

彼は近くの欄干に腰を預け腕を組むと、口を開いた。

「弟の婚約者が出てくると聞いて楽しみにしていたんだ。リリステリアの引き籠もり王女とはお前のことだろう？」

「……それは数年前までの話では？　少なくとも今のリリステリアで、私を引き籠もり王女と言う者はひとりもいないわ」

静かに訂正を入れる。アレクサンダー王子が面白そうなものを見つけた顔をした。

「ほう？　確かに社交界に顔を出さないお前の情報はなかなかアップデートしにくいな。なるほど、昔は引き籠もり王女で間違いではなかったが、今は違う、と」

「ええ、そうよ。そんなの今の私を見れば分かるでしょう？」

隣国から父の代理として夜会に出席しているのだ。いまだに引き籠もりなら、私がここにいるはずがない。

私の言葉にアレクサンダー王子は納得したように頷いた。

「確かにな。いや、弟がずいぶんと入れ込んでいる女が実際はどのようなものかと見定めにきたのだが……くくっ、これは予想外だな」

「別に、アレクサンダー殿下にどう思われようが気にしないけど」

「カーネリアンにだけ好かれればいいと？」

「ええ、その通りよ」

はっきりと告げる。

私はカーネリアン以外に興味なんてない。彼とハッピーエンドを迎えることが望みで、それ以外は全部捨てても構わないとさえ思っているのだ。

堂々とした態度でアレクサンダー王子に向かうと、彼は鋭い視線で私を見つめてきた。

そうして問いかけてくる。

「……お前は真実、カーネリアンが好きなのか？」

「？　そうだけど」

何を言い出すのかと怪訝《けげん》な顔をすると、アレクサンダー王子が話を続けた。

「いや、物好きな女もいたものだと思ってな。何せ我が国では、すでに弟は見放されている。気弱な優しいだけの第二王子は要らないのだそうだ。だから隣国へくれてやると、そういう話なのだが」

お前たちは要らないものを押しつけられただけだと言外に告げられ、ムッとした。

彼が今の言葉を本気で言っていないことは分かっている。多分、私を試そうとしているだけなのだろうことも。

だけど、冷静にはなれなかった。

はっと酷薄に笑い、彼に告げる。

「それは有り難い話ね。お陰で私は最高の夫を手に入れることができるのだもの」

「最高の夫だと？　弟は虫一匹殺せない弱気な男だぞ？　そんな男を国王に据《す》えて不安にならないのか。皆を守れるのか心配にならないのか。今からでも婚約者を変えた方が――」

「無用の心配ね。大丈夫よ、だってその部分は私が補うもの」

最後まで言わせたくなくて言葉を遮る。

強く告げると、アレクサンダー王子は怪訝な顔をした。

「お前が？」

「ええ。彼が戦えなくても、強くなくても別に良いの。私が代わりに戦うから。カーネリアンはその他の部分を補ってくれればいい。私たちは夫婦になるのだもの。どちらがどちらを担当しようと構わないでしょう？」

アレクサンダー王子を睨み付ける。王子は目を丸くしていたが、やがて「ははっ」と噴き出した。

「女のお前が戦うのか？　まさか本気で言っているのか？」

「ええ、冗談で言っているわけではないわよ。これは自慢だけど、指南役にだって八割以上の確率で勝てるんだから」

「……ほう？」

「半端な覚悟で『代わる』と言っているわけではないの。分かったら、いい加減私を試すのは止めてちょうだい。不愉快だわ」

ふん、とそっぽを向く。

彼が弟を大事にしているのは知っているので、私がどんな女なのか見定めたかったのだろうとは思うが、それにしてもやり過ぎだ。

苛々しつつも対応していると、ワイングラスを持ったカーネリアンがバルコニーへ戻ってきた。

私がアレクサンダー王子と一緒にいることに気づくと、さっと顔色を変える。

「フローライト……！　大丈夫？　兄上に何か言われなかった？」

カーネリアンが、私の側に駆け寄ってくる。ワイングラスを欄干に置き、心配そうな表情を浮かべて私を見た。

「大丈夫よ。ただ、弟のことが心配なだけの過保護な第一王子と話していただけだから」

「えっ⁉」

「おい」

カーネリアンが素っ頓狂な声を上げる。続いてアレクサンダー王子が咎《とが》めるような声を出したが無視をした。

私のことを試したのだ。これくらい言わせてもらっても罰は当たらないだろう。

「アレクサンダー殿下はあなたのことがとっても大事なのね。ちょっと性格の悪い小舅に当たった気分だったけど、あなたのことを大切に思っているのが分かったから腹は立たなかったわ」

「おい、フローライト王女！」

「何よ、本当のことでしょう？」

「……」

ズバリ言ってやると、アレクサンダー王子は黙り込んだ。

何故かカーネリアンが私を抱きしめてくる。

「えっ」

「……フローライト。兄上と浮気しちゃ駄目だよ」

「ええっ⁉」

まさかの浮気発言にびっくりした。それはアレクサンダー王子も同じだったようで、すぐに言い返

してくる。

「おい、カーネリアン。訂正しろ。誰が誰と浮気しただと？　俺はこんな女はお断りだぞ。面白いは面白いが、男みたいなことを言い出すし、この俺を言い負かそうとする女なんて手を出す気にもならん」

「ハア⁉　それはこっちの台詞なんだけど！　私だってあなたなんてお断り！　私はカーネリアンが良いの！」

その気もないのに誤解されるのも嫌なので、ここははっきり言っておく。

信じて欲しいとカーネリアンを見ると、彼はにっこりと笑い、次に視線を兄に移した。

「……カーネリアン？」

その視線が冷えている。彼がゆっくりと口を開く。

「誤解だったようで何よりです。ですが兄上、フローライトは私の光なんです。ですから、どうか彼女につまらないちょっかいを掛けないでくださいね」

「……」

「でないと、何をしてしまうか分かりませんから」

声が怖い。

穏やかな口調なのに底冷えするような恐ろしさを感じ、黙り込んだ。見ればアレクサンダー王子も同じものを感じとったようで冷や汗を掻《か》いている。

「いや……お前……。はあ……今のお前の姿を、物事をひとつの方向でしか見ない頭の固い連中に見せてやりたいものだな」

「嫌ですよ、面倒臭い。私は今のままで十分です」

「……軟弱王子と言われ、敬意すら示されないのにか？」

探るような問いかけにも、カーネリアンは平然と頷いた。

「ええ。何せそんな私でもフローライトの国では歓迎してくれるそうですから。ですので私は何も心配していないし、大丈夫なんです。……兄上、お気遣いは嬉しいですが、これ以上は結構です」

カーネリアンがきっぱりと告げる。アレクサンダー王子は渋い顔をしつつも頷いた。

「……分かった。要らぬ世話だったようだな。カーネリアン、お前はなかなか女を見る目があるようだ」

「ええ、そうでしょうとも。でも、兄上にはあげませんよ？」

「要らないと言っている。……フローライト王女、悪かったな。それと先ほどのお前の言葉——信じているぞ」

王子が言っているのは、おそらく私が代わりに強くなるという発言のことだろう。

違えれば許さないという目を向けられたが、嘘はどこにもないので真っ直ぐに見返す。

「ええ、もちろん」

「そうか……邪魔をしたな」

フッと笑い、アレクサンダー王子が私たちから背を向ける。そのままこちらを振り返ることなくバルコニーを出ていった。

それを見送り、ホッと息を吐く。

「……びっくりしたわ。いきなり話し掛けてくるんだもの……って、えっ！」

勢いよくカーネリアンに抱き寄せられたと思った次の瞬間、強い力で口づけられた。

欄干に置いていたワイングラスに身体が当たり、床に落ちる。

パリンとガラスの割れる音が響いた。辺りに芳醇《ほうじゅん》なワインの香りが広がっていく。

――な、何ごと⁉

唇を押しつけてくるカーネリアンに驚くも、どこか必死な様子の彼を見て、毒気を抜かれた。

何度も口づけを繰り返す彼に応えていると、次第に濃厚なものへと変わっていく。驚きつつも受け入れると、やがて満足したのか唇が離れていった。

ほう、と息を吐く。

「カ、カーネリアン……一体どうしたの……」

少しは落ち着いてくれたかと期待したが、カーネリアンは明らかに怒っていた。

「え、えっと？」

「……飲み物を持って戻ってきたら、大好きな君が兄上と一緒にいるところを目撃することになるとか、思いもよらなかったよ」

「あ、それは――」

私のせいではなく、勝手にアレクサンダー王子が来ただけ。

しかもその目的は、弟のために私を煽りにきたというもので、カーネリアンが心配するような話ではない。

疑われては敵わないと一生懸命説明するも、カーネリアンは苛立った様子を隠せないようだった。

「分かっているよ、そんなことは。でも理屈じゃないんだ。君と兄上が一緒にいるところを見た瞬間に、理性が飛んだっていえば少しは分かってくれる？　他に誰もいないバルコニーでふたりきり。君や兄上が私を裏切るはずはないって分かっていたって冷静でなんていられないよ」

「……」

「君は、私のものなのに」

ギュウッと抱きしめられる。

いつの間にか、彼の背は私を軽く越えていて、抱きしめられればカーネリアンの腕の中にすっぽりと収まってしまう。

確実に成長しているカーネリアン。そんな彼に愛の言葉を告げられるのは嬉しいものでしかないけれど、お願いだから落ち着いてほしかった。

「心配掛けてごめんなさい」

何もなかったと口を酸っぱくして言うことに意味はないと分かったので、謝罪の言葉を紡《つむ》ぐ。

私たちを見つけた時、カーネリアンは血相を変えていた。

そのことを思い出せば、素直に謝るしかないと思ったのだ。

カーネリアンの背中を抱きしめ、ポンポンと軽く叩く。ややあって、彼が抱きしめていた腕を解いてくれた。

「大丈夫？」

「……うん。落ち着いた。ごめんね。嫉妬なんかして」

「いいの。こっちこそごめんなさい。カーネリアンの気持ちも考えず、安易にふたりきりになってしまったわ」

チラリと床に目を向ける。先ほど落ちたワイングラスはすっかり粉々になっていた。

私の視線を追ったカーネリアンが気まずそうに言う。

「ごめん。あとで女官を呼んで、私のせいだって正直に言うよ」

「グラスに当たったのは私だから、私も一緒に謝るわ。カーネリアン。本当に悪かったわ。許してくれる？」

申し訳ないという気持ちを込めて再度謝ると、彼は眉を下げつつも頷いた。

「元はといえば、何もなかったと分かっていたのに嫉妬した私が悪かったんだし、もう怒っていないよ。君が嫌な思いをしなかったのならそれでいい。……でも……ねえ、本当に嫌な思いとかしなかった？　兄上はすごい人で私も尊敬しているけど、ちょっと意地悪なところがあるのも本当だから、君が虐《いじ》められていなかったかは心配なんだ」

「大丈夫よ」

試されているのは分かっていたし、私だって言い返した。

お互い様だ。

「ちゃんと分かってるわ。アレクサンダー殿下があなたのことを大事に思っているからこそあんなことを言ったんだって。彼、私と一緒であなたのことが大好きなのね。だから本当に気にしてないわ」

「フローライト……」

カーネリアンの顔がジワジワと赤くなっていく。照れくさそうに頬を掻いた。

「……うん。兄上は本当はすごく優しい人なんだ。兄上のことを分かってくれてありがとう」

「うん」

「……こうなると、本当に嫉妬した私は馬鹿だな。……でも」

言葉を止める。カーネリアンが私を見た。

「兄上は素敵な人だけど、好きになるのは止めてね。……フローライトは私のものなんだから」

「えっ……」

真顔で言われ、目を瞬かせた。

私がアレクサンダー王子を好きになる要素などどこにもないと思うのだけれど、それでも彼は心配なのか。

「え、ええと、だ、大丈夫よ。私、あなたのことしか好きじゃないし」

「だったら良いけど。……嫉妬深くてごめんね。でも、それだけ私が君のことを好きなんだって分かって欲しい」

——うっ。

真剣に告げられた言葉に大いにときめく。

そんな心配しなくてもと思いつつも、執着や嫉妬の感情を向けられるのは彼を好きな私には心地好く、癖になってしまうほどの快感をもたらすのだった。

第三章　決意

無事に役目を果たした私は国へと戻り、またいつもの日々が戻ってきた。

家庭教師たちから座学を学び、師匠とは手合わせをする毎日。

師匠からは違う戦い方も勉強した方がいいと言われ、最近では、王立騎士団の練習場にも顔を出すようになった。

私は魔法で作り上げた氷の弓と体術で戦うスタイルなのだけれど、他の武器が使えないわけではないし、騎士たちの剣技は非常に参考になる。

それに彼らも己を鍛えることに余念がない人たちだ。同じ戦う者同士、気が合うことも多かった。

今日も私は騎士団の宿舎近くの練習場へ出向き、彼らと武器あり、魔法ありの練習試合を行っていた。

彼らは私の力を認めてくれていて、変に手を抜いたり、負けたからと言ってこちらを馬鹿にしてきたりなどはしない。

むしろ女性である私が強さを求めることを応援してくれていて、練習でも本気で向き合ってくれる得難い人たちだ。

頭痛は相変わらず続いており、日常生活が厳しい日もあったが、医師の処方してくれた薬でなんとかやり過ごすことができている。

本当に、変な病気でなければ良いのだけれど。

気にはなるものの、医者には相変わらず異常なしだと言われているし、もしかしたら自律神経の乱れから来るものかもしれない。

しっかり食べて運動して、寝て。

規則正しい生活をしていればそのうちマシになるのではないかと、そう期待していた。

◇◇◇

——一年後。


「そこまで！」

審判役が手を挙げる。それに気づき、私は持っていた大きな氷弓を消した。

練習につきあってくれていた騎士が大きく息を吐き、こちらにゆっくりと歩いてくる。そんな彼に手を差し出した。

「良い試合だったわ。相手をしてくれてありがとう」

「いいえ。姫様のお力になれたのなら何よりです。本当にどんどん強くなられますね。騎士団長も敵わないという話を聞きましたよ」

「ふふ……ありがとう」

快く手を握り返してくれた騎士にお礼を言う。

彼の言うとおり、私は強くなった。

だけどまだ足りないというのが正直なところだ。

何せ私の目標は魔王を倒す、もしくは退けることだから。

前の人生では、魔王は私の国に来た時、立ち向かった騎士団全員を撃退していた。

それを思い出せば、騎士団長に勝てる、程度で満足できるはずもない。

——駄目だ。このままでは魔王がやってきた時にまた攫われてしまう。

正直言って、あと二年ほどでやってくるタイムリミットに間に合う気がしない。だけどここで止めれば全て台無しになるのだ。

望まない未来を繰り返さないためにも、諦めるわけにはいかなかった。

「もっと強くならないと」

せめて騎士団全員を相手にして圧倒できるくらいにならなくては、魔王と対等に戦えないだろう。

もっと広範囲に魔法を使えるように、そちら方面を頑張ってみるか。

色々考えていると「お疲れ様」という声がした。

聞き間違いようのない声に、反射的に振り返る。そこにはニコニコと笑い、タオルを持つカーネリアンがいた。

「カーネリアン！」

慌てて彼の側に駆け寄る。その手を両手で握った。

「どうしたの？　今日、来るなんて聞いていなかったけど」

昨日来た手紙にも、何も書いていなかった。そう思っていると、彼は秘密を打ち明けるように言った。

「実はね、最近空間転移の魔法を覚えたんだ。で、せっかくだから、君に会いに来てみようかと思って。あ、もちろん国王陛下には先に連絡しておいたよ。さすがに何も言わずに来たら驚かせてしまうから」

「空間転移!?　……すごいわ……！」

さらりとものすごい事実を告げるカーネリアンに目を見張った。

空間転移の魔法は一度行ったところなら行くことのできる優れた魔法だが、難易度が高く、使えるのは数人程度しかいないと言われているものなのだ。

私も練習しているが、正直、これは使えるようになる気がしない。

何せ下手をすると身体の一部分をその場に残してしまう……なんて事故が起こる可能性もある恐ろしい魔法で、いくら魔力があろうが、センスがなければどうにもならない。そしてそのセンスというものは、それこそ何万人にひとりが持ちうるかどうかというものだったりするから、私が無理だろうなと思うのも仕方のないことだった。

だけど、その高難易度の魔法をカーネリアンが会得した。

彼がいつかの未来で最強王子と呼ばれるようになることは知っているし、事実、そうであったことも理解しているが、こうやってその片鱗を見せてくるとき、どうしようもなく動揺する。

戦っているわけではないと分かっているのに、あの恐ろしい未来が近づいてきているのではないかと不安になるのだ。

だけどカーネリアンは不安に怯える私に気づかない。それどころか嬉しそうに私の手を取って言った。

「これで君にもっと会えるようになるよ。君は私が体術や戦いを学ぼうとすると嫌がるけど、こういう方向性なら喜んでくれるかと思って……」

「それは……確かにそうだけど」

彼の言葉に頷く。

実はこれまでに何度か、カーネリアンからは『君だけに戦わせたくない。私にも君を守らせて欲しいんだ。もう戦いが嫌だなんて思わないよ』と言われているのだ。

だがその度に私は彼の申し出を拒絶してきた。

だって、私は剣を手に取った彼がどういう最期を迎えるのか知っている。

その未来をどうにか回避したいと思っているのに、頷けるはずがないだろう。

私のためにと言ってくれることは嬉しい。だけど、どうしたって無理なのだ。

いいよ、なんて言ってあげられない。

この件に関しては私とカーネリアンの意見は平行線。

半年に一度くらいのペースで交わされるこの話題が穏やかに終わったことなど一度もない。

そしてどうやら業を煮やしたらしいカーネリアンは、戦いとは関係のない魔法を学ぶことを決めたようだ。

確かに転移魔法は高度な魔法ではあるが、戦いとは直接関係ない。

私が反対しづらいところを突いてきたことに、どう反応すれば良いのか微妙である。

とはいえ、会える頻度が上がるのは嬉しいことだと思えるのだけれど。

喜んでいるときちんと伝えなければと思った私は改めて口を開いた。

「ありがとう。カーネリアンに会えるのはすごく嬉しいわ。でも、空間転移の魔法ってかなりの魔力を使うと聞くもの。あまり頻繁に使うのもよくないんじゃ……」

「心配しなくても大丈夫。どうもこの魔法と私は相性がいいみたいなんだ。それに——あのさ、今日は君にひとつ相談があって」

「相談？　何かしら」

心当たりはまるでない。何だろうと首を傾げていると、カーネリアンが言った。

「えーと、できれば場所を移動したいんだけど」

「え、あ、そうね」

確かに立ち話でというのはよくない。

私は近くにいた女官に声を掛け、彼を客室へ通すよう命じた。

その間に私は自室へ向かい、ドレスに着替える。さすがに汗臭い運動着のまま彼と話すのは抵抗があったのだ。

「よし……と」

着替えを済ませ、カーネリアンが通された部屋へと向かう。中に入ると、彼はソファに座り寛いでいた。女官が用意したらしい紅茶を飲んでいる。

「お帰り」

「……た、ただいま戻りました」

なんだかとても擽《くすぐ》ったい。まるで結婚した夫婦のような優しいやり取りに、照れてしまった。

顔を赤くしたまま彼の正面の席に腰掛けようとすると、カーネリアンに止められた。

「君はこっち。……そっちだと少し遠いよ」

――うっ。

拗ねたような言い方にキュンときた。

私は小さく頷き、言われたとおり、そそくさと彼の隣に腰掛ける。

女官がやってきて、微笑ましそうに私たちを見たあと、私の分のお茶とお菓子《かし》を用意してくれた。

少し照れくさくなりつつも、準備を終えた女官たちを下がらせる。

相談と言うからには、誰も聞いている人がいない方がいいだろう。

そう思ったのだ。

「え、ええと、それで話って何？」

扉がきちんとしまったことを確認してから改めて尋ねる。

通常なら未婚の男女が密室にいることは推奨されないのだが、私たちは婚約者同士なので、目溢しされているのだ。

カーネリアンがソワソワと身体を揺らす。

その様子には悲観的なものはなく、悪い話ではないのだということが分かった。

「カーネリアン？」

「いや、そのね……来年で私たちも十七歳になるじゃないか」

「ええ、そうね」

今、私たちは十六歳なので彼の言葉は間違っていない。

頷くとカーネリアンが私の手を握り「あのさ」と言った。

「考えたんだよね。もう少し、私たちが一緒にいる時間を増やせないかって。こうやって転移魔法を覚えはしたけれど、私も君もそれなりに忙しくて、互いの時間を合わせるのは難しい」

その通りだ。

どちらかに時間があっても、もう一方に時間がなければ会うことはできない。

特に私たちは王族という身分なので、時間に縛られていることが多く、なかなか会えない。

カーネリアンが転移魔法を覚えてくれたとしてもそれは同じ。互いの時間を合わせられないのであれば意味はない。

「……とても残念だけどその通りよね」

ため息を吐きつつ同意する。カーネリアンが私の方へ身を乗り出した。

「そこで提案。来年から私が王立セレスタイト学園に通うことになるのは君も知ってるよね？」

「ええ。スターライト王国にある有名な学園よね。もちろん知っているわ」

スターライト王立セレスタイト学園。

各国から優秀な人材を集めるため、試験こそ超難関だが授業料は無料のこの学園には、スターライト王家の人間も通うことが義務づけられている。

期間は十七歳～二十二歳の五年間。

学科は、言語学科、数学科、経済学科、魔法学科、魔法・体術戦闘学科の五つに分かれており、それぞれの専門分野と一般教養を学ぶことができる。

優秀な成績で卒業できれば、就職先の心配はないとまで言われるほどの学園。

それがセレスタイト学園で、前の生でもカーネリアンはこの学園に所属していた。

戦うことが好きではない彼は、経済学科か、魔法全般について学ぶ魔法学科を選びたかったらしいが、王家の強い意向で魔法・体術戦闘学科——略して魔体科に入学することとなったとか。

ちなみにアレクサンダー王子は確か、言語学科に所属していたことを覚えている。

彼は戦闘能力に何の不安もなかったので、好きな学科を選ばせてもらえたのだ。

その話を聞いた時、どうしてカーネリアンばかりが辛い目に遭《あ》わなければならないのかと内心憤慨《ふんがい》していたのだけれど——。

以前のことを思い出し、苦い気持ちになる。きっと今回も彼は魔体科に入学させられるのだろう。可能であればどうにか阻止《そし》したいところだけれど。

如何《いか》にして、カーネリアンの所属学科を変更させるか考えていると、カーネリアンが「それでね」と期待するような目で私を見てきた。

首を傾げる。

「カーネリアン？」

「その学園に、君も来ないかと思って」

「えっ……私、が？」

予想だにしていなかった話に目を瞬かせる。

驚いていると、カーネリアンは楽しそうに言った。

「君の実力は知っている。だから間違いなく入学試験に受かると思うし、あの学園には色々な国から有望株が集まってくる。彼らと繋ぎを作ることができれば、将来、リリステリアの力になる人材を集めることだって可能だと思うんだよ。……どう？　悪くないと思うんだけど」

「それは確かにそう……だけど」

まさか他国の学園に通うなんて思ってもいなかったので、咄嗟《とっさ》に返事ができない。

どう答えれば良いのか困っていると、カーネリアンが更に言った。

「それに何より、毎日君と一緒にいることができるんだ。その……自分勝手な考えで申し訳ないんだけど、良かったら一度検討してくれないかな」

「！」

告げられた言葉にハッとした。

そうだ。私がセレスタイト学園に通えれば、カーネリアンと過ごす時間は飛躍的に増える。

それに、それにだ。

カーネリアンには絶対に魔体科に行ってほしくないが、私には悪くないと思うのだ。

何せ、魔体科の教師陣は粒ぞろいだと聞いたことがあるから。

――もっと強くなるには良いかもしれない。

更なる飛躍には新しい環境は悪くない。しかもカーネリアンと一緒に過ごせるとくれば、学園に通うことは利点しかないように思えてくる。

「……お父様とお母様を説得できれば」

両親がOKを出してくれれば、セレスタイト学園に通うことは可能だろう。

どうやってふたりを説得するべきか。

何か良い案がないかと思っていると、カーネリアンが言った。

「君のご両親は、君さえ頷くなら構わないと言ってくれたよ。今日ここに来ることを連絡した時に、そのことも一緒に聞いたんだ。君と一緒に学園に通いたいってね」

「……えっ」

用意周到なカーネリアンに目を丸くする。

まさかすでにお膳立てされているとは思わなかった。

「お、お父様たちは良いって仰ったの？」

驚きつつも聞き返す。カーネリアンは大きく頷いた。

「うん。今言った通り、君さえ頷くのならって。フローライトの伸びしろはまだありそうだし、学園へ通えばもっと視野を広げることができるだろう、だそうだよ」

「……」

私を思い遣ってくれているのが分かる両親の言葉にジンときた。

伸びしろ云々も嘘ではないだろうが、多分私がカーネリアンと一緒にいたがると思い、許可してくれたのだろう。

カーネリアンが優しい声で言う。

「君のご両親って、すごく君のことを想ってくれる素晴らしい方だよね」

「……ええ、自慢の両親なの」

素直に返す。

ふたりのくれたチャンスを逃す理由はなかった。

私は頷き、カーネリアンに告げた。

「カーネリアン。私、あなたと一緒にセレスタイト学園に行くわ」

「嬉しいよ、フローライト。これで君と長く離れずにすむ。学園在学中はそれこそ今以上に君に会えないだろうと思っていたからね。それがずっと一緒にいられるんだ。こんなに嬉しいことはないよ」

「私も。でも、そうなるためにはまずは入学試験に合格しなくちゃね」

自分が通うことになるとは思っていなかったので、どんな試験なのかも分からない。

不安になっていると、カーネリアンが勇気づけるように言ってくれた。

「君なら大丈夫だよ。入学試験にはまだ半年あるし、良ければ一緒に勉強しよう？　手紙を飛ばしてくれてもいいし、転移魔法だってあるんだ。一週間に一度くらいなら、お互いの勉強時間を合わせることも可能だと思うし……ね、どうかな？」

「私は嬉しいけど……それじゃあ、カーネリアンの負担にならない？」

たとえ勉強でも一緒にいられる時間が増えるのは嬉しいが、彼にばかり負担を掛けるやり方はよくないと思うのだ。

だがカーネリアンは首を横に振って否定した。

「君と共に過ごせることは私の喜びだ。負担になんて思うはずがない」

「カーネリアン……」

「好きだよ、フローライト。君と共に学園生活を送れるのは私の望みでもあるんだ。だから協力させて」

じっと目を覗き込まれる。美しい緑と青に吸い込まれてしまいそうだ。

カーネリアンが甘い、脳髄を揺らすような声で言う。

「ね、いいでしょう？」

「……ええ」

釣られるように頷いてしまった。だって、好きな人がここまで言ってくれて、それでも断れるほど私は心が強くない。

カーネリアンは嬉しそうに笑うと、当たり前のように私に口づけてきた。

唇を離し、至近距離で笑う。

「ふふっ、約束のキスだよ」

「……ええ、約束、ね」

彼の言葉が嬉しい。

ニコニコしていると、彼はもう一度顔を近づけてくる。

今度は舌を絡める濃厚なキス。

最近することの増えた大人なキスは、されると気持ち良くてぼうっとなってしまう。

昔の……というか、死に別れる前のキス魔なカーネリアンも濃厚な口づけをよく好んでいた。

以前のことを懐かしく思い出しながら彼に応えていると、顔を離したカーネリアンが熱い息を零《こぼ》した。

「ねえ、実は結構我慢しているって言ったらどうする？」

「えっ」

――我慢？

思わず目を瞬かせると、カーネリアンが色気たっぷりに私を見つめてきた。

「私たちももう十六歳だ。しかも君は婚約者で、私たちは結婚する気しかないだろう？」

「え、ええ、そうね」

「だからその……そろそろ構わないんじゃないかと思って。もちろん君が嫌ならしないけど」

「……」

身体を重ねたいと言われているのはさすがに分かったが、咄嗟に返事ができなかった。

嫌とかではなく驚いただけなのだけれど、何を誤解したのかカーネリアンが言い訳するように言った。

「本当に、無理やりとか、そういうつもりはないから。でも、それだけ私が君に対して真剣で、自分のものにしてしまいたいくらいに好きだってことを分かってほしいなとは思う。――フローライト。私はね、本当に君のことが好きなんだよ。好きで好きで、どうにかなってしまいそうなくらい。君のいない人生なんて考えられないし、君以外の女なんて興味もない。本当に、君のことが好きなんだ」

「カーネリアン。それは私も同じよ」

カーネリアンを生きながらえさせたい一心で、今だって足掻いているのだ。

彼を失うなど考えられない。

だからそんな彼が私を欲しいというのなら、いくらでも貰ってくれればいいとは思うけど――。

「入試に合格するまで待ってくれる？」

今はまだその時ではない。

先ほど決まったセレスタイト学園への入学。せめてこれを確固たるものにしてからでないと駄目だと思う。

私の言葉にカーネリアンも納得したように頷いた。

「確かに。まずはフローライトと一緒に学園に通えるようになることが先決だよね」

「ええ。その……詳しいことは、合格してから話し合いましょう？　その、時期とか色々。私も準備や覚悟をしないとだし」

二回目だろうが、緊張するものは緊張する。

記憶を思い出してから六年近く経っているわけだし、久しぶりすぎて初めてと変わらないと思うのだ。

顔を赤くして告げると、カーネリアンも釣られるように赤くなった。

何故か焦りながら言う。

「えっ……う、ウン……。そ、そうだね。わ、私もせっかくなら思い出に残るようにしたいし……うん、また、合格してから改めて話し合おうか」

「……」

コクリと首を縦に振る。

そろそろと顔を上げると、私と同じように真っ赤になった彼と目が合った。

ふたり、ほぼ同時に笑ってしまう。

「ふふ……」

「ふふふっ」

「なんか、恥ずかしいね」

「そうね。でも、嫌じゃないし、どちらかと言うと嬉しいの」

「私もだよ」

甘くも優しい声に、目を瞑る。もう一度熱い唇が触れていく。

長い触れ合いのあと、ゆっくり離れていった熱を惜しみながら目を開くと、美しいオッドアイが熱に浮かされたように煌めいていた。

「約束、ね」

「――ええ、約束」

「合格しようね」

「もちろん」

　ふたり、頷き合う。

　なんだかぽわんとした空気になってしまったが、それでも私たちの合格してやるという決意は本物だったし、その未来を摑めると疑っていなかった。

第四章　入学試験

セレスタイト学園に入学することを決めた私たちは、半年後の入試に向けて、猛勉強を開始した。

幸いにもカーネリアンが取り寄せてくれた過去問を見れば、入学自体は十分可能だと確信することができた。

何せ、私もカーネリアンも王族。幼い頃から優秀な家庭教師たちに鍛えられているのだ。

一般の入試程度で困る実力であるはずがない。

ただ、私たちは王族なので、合格ギリギリラインでは恥ずかしい。

余裕で合格、なんなら首席合格を狙う勢いでないと王族として格好が付かないのだ。

なので、手を抜くなど言語道断。

もちろんイチャイチャも今は封印して、できる限りの準備はしておこうという話になった。

◇◇◇

「フローライト、よく来てくれたね」

笑顔でカーネリアンが出迎えてくれる。

半年間、真面目に勉強をし、準備万全。

いよいよ入学試験に挑む時が来たのだ。

試験はセレスタイト学園で行われるので、私は一週間前からスターライト王国入りをしていた。

当初の予定では、以前夜会に出向いた時に使った国の大使が管理する屋敷に滞在しようと思っていたのだけれど、カーネリアンにどうしてもと乞《こ》われ、王城に滞在することが決まった。

カーネリアンが城であまり良い扱いを受けていないことは知っている。

そんな彼の言うことを聞いてもらえるものか心配だったのだけれど、それは取り越し苦労だったらしい。

「普通にOKを貰えたよ」と言われた時には本当かと耳を疑った。

ちなみに彼の兄であるアレクサンダー王子も賛成してくれたそうだ。

「実はね、兄上も賛成してくださったんだ」

なんてカーネリアンは嬉しそうに言っていたが、なんとなくだけど、彼が賛成したのには何か裏があるように思えてならない。

とはいえ、カーネリアンと共に過ごせる時間が増えるのは嬉しいことでしかないので、私は有り難《がた》く王城へ出向いたわけなのだけれど。

「お招きありがとう。……それと、一週間ぶりね。カーネリアン。会えて嬉しいわ」

馬車留めまで迎えに来てくれた彼に笑顔で告げる。

一週間ぶり。

そう、カーネリアンに最後に会ったのは本当に一週間ほど前の話なのだ。

何せこの半年の間、カーネリアンは転移魔法を使って、一週間に一回というとんでもないペースで私の国まで来てくれたので。

転移魔法は元々莫大な魔力を使う上、距離が長いとその消費魔力は更に上がる。それなのに勉強のためだからと、わざわざ時間を合わせて来てくれたカーネリアンに私はとても感謝していた。

ひとりで勉強するのも嫌いではないが、切磋琢磨する人が近くにいるとより頑張れる。

同じ部屋でふたりきり。

イチャイチャしたい気持ちをグッと堪え、私たちはひたすら真面目に勉学に励んでいたのだ。

ただ、ひとつだけ、困ったことがあったけれど。

それは以前から問題視していた私の頭痛。この頭痛は何故かカーネリアンと一緒にいたあとや、その後数日は引いてくれることが多かったのだけれど、勉強していた半年間は、その効果が一切なかったのだ。

カーネリアンと会ったあとであろうがなかろうが、酷い痛みに苛まれる。その痛みは日に日に酷くなっており、合格できるかどうかは頭痛のあるなしに懸かっていると言っても過言ではないほどだった。

——痛っ。

今日もまた痛む額に眉を寄せる。

頭痛のことはカーネリアンに話していない。

きちんと医者にかかっている上で頭痛薬などの対症療法しか取れないのが現状なのだ。どうしようもないことを話して心配させるのは本意ではなかったし、彼には試験に集中してもらいたかった。

自分のことは自分でなんとかする。

侍医から頭痛薬は多めに貰ってきているし、いつものように耐え忍べばいいだろうと軽く考えていた。

「君がうちに来てくれるのは、あの夜会以来だね。楽しみにしていたんだ」

痛む額に気を取られていると、カーネリアンが話し掛けてきた。急いで笑顔を作る。

楽しみにしていたのは私も同じだから、痛みに呻く顔なんて見せたくなかった。

「私もよ、カーネリアン。目的は入学試験だって分かっているんだけど、やっぱりあなたに会えるのは嬉しいから」

頭痛を気にしつつも話をしながら、カーネリアンと一緒に歩く。

向かうのは国王の執務室だ。

これから入学試験までの間、城でお世話になるのだから、きちんと挨拶しておかなければならなかった。

執務室の両開き扉の前に立つと、カーネリアンが側に立っていた兵士たちに声を掛けた。

「フローライト王女だ。お前たちも話は聞いているだろう？　通してくれ」

カーネリアンの言葉に、兵士たちが頷く。

「はい。国王陛下がお待ちです。どうぞお通りください」

扉の反対側にいたもうひとりの兵士が、ドアを開ける。

「行こう、フローライト」

「ええ」

カーネリアンと一緒に部屋へと歩を進める。

執務机に座っていた人が、こちらを見ていた。

「おお、約束通りの時間だな」

口を開いたのは、この国、スターライト王国の国王だ。側には宰相も控えている。

会うのはこれが二度目。在位二十五周年を祝う夜会で挨拶して以来となる。

スターライト国王はうちの父より十歳以上年上で、たっぷりとした髭《ひげ》を蓄えており、非常に威厳がある人だ。

外見だけなら気難しそうに見えるが、実は結構話しやすい人であることを知っている。

彼自身、戦う人ということもあり、体つきは非常に引き締まっており、髭があっても顔つきは若々しい。

ただ、仕方ないことかもしれないが、戦いを厭う息子のカーネリアンとはあまり相性が良くないのだ。

息子が嫌いというわけではない。

だけど優しい息子のことを情けないと彼が思っているのは事実で、それだけはたとえ隣国の国王で将来の義父だと分かっていても、腹立たしいと思っていた。

カーネリアンは、今の優しい彼のままで良いのだ。

強くなる必要なんてどこにもないし、もし強くなろうとしてまた心を壊してもしたら、どう責任を取ってくれるというのか。

色々思うところはあるが、その辺りは綺麗に隠して、お辞儀をする。

「お久しぶりです。この度は、滞在の許可をいただきありがとうございます」

「いや、息子の婚約者だからな。それに最近噂に聞いたが、姫はかなりの強者なのだろう？　我がスターライト王国は強者を歓迎する国だ。存分に寛《くつろ》いでいってくれ」

「……ありがとうございます」

夜会の時より好意的だなと思ったが、どうやらこの一年半ほどの間に、どこからか私が戦えるということを聞きつけたらしい。

スターライト王国が強者に特別敬意を払う国だということは知っているので、国王のこの態度も頷けた。

女性が戦うことに眉を顰めるよりも強い方が大事なのである。それはそれで、私には息のしやすい国だと思う。

カーネリアンには合っていないと思うし、一日も早く私の国に来て欲しいと願っているけれど。

国王と和やかに会話をする。その間、カーネリアンは少し離れたところに立っていた。

私の挨拶《あいさつ》を邪魔しないようにと気遣ってくれているのだろう。

国王と話を終え、部屋を出る。

知らず緊張していたのか、無意識にほうっと息が零《こぼ》れた。

カーネリアンが優しい声で話し掛けてくる。

「お疲れ様、フローライト」

「ありがとう。ふふ、あなたのお父様って威厳があるからどうしても緊張してしまうのよね」

廊下を歩きながら話をする。

カーネリアンは用意された私の部屋へ案内してくれようとしたが、ちょうどそのタイミングで、彼を探しにきた侍従が足早にやってきた。

「ああ、殿下。こちらにいらっしゃったのですね。お探ししました」

「ん？　何。今日はフローライトが来るから、急ぎの用件以外は無視するって言っておいたはずだけど」

カーネリアンの声が低くなる。

彼の機嫌が悪くなったことに侍従は気づいたようだったが、気にする余裕もないのだろう。焦った様子で口を開いた。

「その急ぎの用件です。……例の案件、思ったよりも時間が掛かりそうで――」

チラリと侍従が私を見る。

カーネリアンは口をむにっと曲げると「仕方ない、か」と本当に仕方なさそうに呟いた。

「カーネリアン？」

名前を呼ぶ。彼は私の方を向くと「ごめんね」と言いながら手を合わせた。

「ちょっと仕事でハプニングがあったみたいで。私が行かないと駄目そうなんだ。二、三時間ほど離れることになるけど構わないかな」

申し訳なさそうに言われたが、仕事だと聞いて嫌だと答えるはずがない。彼にも第二王子としてやることがあるのは分かっていたから、笑顔で了承を返した。

「もちろん構わないわ」

「本当にごめん。……あ、ちょっと君！」

廊下を歩いていた女官にカーネリアンが声を掛ける。

呼ばれた女官は立ち止まると、私たちの方へやってきた。

深々と頭を下げる。

「お呼びでしょうか、カーネリアン殿下」

「うん。君、彼女を部屋まで案内してくれるかな。知っていると思うけど、私の婚約者なんだ。隣国リリステリアの第一王女。くれぐれも失礼のないようにね」

「かしこまりました」

カーネリアンの命令を受けた女官が再度恭しく頭を下げる。

——ん？

ふたりのやり取りに違和感を覚えた。

前に見た時は皆、カーネリアンを蔑《ないがし》ろとは言わないまでも粗雑に扱っているように感じたのに、先ほどの侍従もこの女官も、彼のことを王族としてちゃんと敬っているように見えたのだ。

わずか一年半ほどの間に一体何が起こったのか分からず、思わず首を傾げたが、カーネリアンがきちんと扱われているのはとても良いことなので、それならそれで良いかと思い直した。

――そう、そうよね。カーネリアンが王子として相応の扱いを受けている。当然のことなんだから、気にする必要はないわ。

むしろまだ彼の扱いが酷いようなら、それこそ許せなかったところだ。

カーネリアンが暮らしやすくなっているのならいい。

そう結論づけた私は、それ以上は気にせず、カーネリアンとその場で別れ、女官と一緒に与えられた部屋へと向かった。

「どうぞ、こちらが姫様のお部屋となります」

「ありがとう」

中に入ると、すでにそこには国から連れてきた私専属の女官たちがいて、忙しく働いていた。

今回、滞在期間は約二週間。

それなりの期間になるので、スターライト王国から女官を借りることも考えたが、やはり慣れた人たちに世話をお願いしたいと思い、連れてきたのだ。

その中にはステラもいる。ステラは戦っている私のことは怖いくせに、その他では物怖じしないところが気に入っていた。今回も真っ先に声を掛けたくらいだ。

彼女たちは私が来たことに気づくと　手を止め、頭を下げた。

「お帰りなさいませ、姫様」

「もうすぐ準備が整いますので、お好きなところでお寛ぎくださいね」

「ええ、ありがとう」

返事をし、部屋まで案内してくれたスターライト王国の女官に礼を言ってから、部屋を観察する。

用意されたのは、風通しのいい広い部屋だった。客を通せるように、寝室は別室になっているのが有り難い。

奥側が寝室。手前が主室で、主室には大きな暖炉《だんろ》があった。

暖炉の前にはテーブルやソファが設置されており、居心地が良さそうだ。

開いていた窓に駆け寄る。窓の外はバルコニーに続いており、外へ出ると、広い庭がよく見えた。

季節の花が咲き誇っている庭を散歩するのもいいが、ここで上から眺めるのも悪くない。

部屋には他に勉強机や化粧台などもあり、不足を感じるものはなかった。

女官たちも心なしか満足そうだ。

彼女たちの邪魔をしないよう適当なソファに座ると、ステラが側にやってきた。

手持ち無沙汰にしている私を見て、笑顔で言う。

「姫様、宜《よろ》しければお茶でもお淹れしましょうか？」

「――――ん、そうね。お願い」

少し考え、お願いした。

カーネリアンは二、三時間は帰ってこないと言っていたし、ひと休憩する余裕くらいはあると思ったのだ。

ステラがお茶の支度を始める。他の女官たちも手を止め、お茶菓子の準備を手伝い始めた。

「どうぞ」

「ありがとう」

用意されたのは紅茶とクッキーだ。どちらもスターライト王国の厨房から提供されたもの。私は祖国の味とは少し違う、塩味の効いたクッキーを齧りつつ、のんびりとお茶の時間を楽しんだ。

やがて女官たちも片付けを終えたのか、それぞれ定位置で待機し始めた。ステラは私の空になったティーカップにおかわりの紅茶を注いでいる。

「リリステリアではないと分かっているのに、落ち着くわ……。ここ、良い部屋ね」

改めて部屋を見回す。

部屋の壁紙の色も落ち着いているし、床に敷かれた絨毯《じゅうたん》の趣味も良い。先ほども思ったが、風の通りが良いのが特に気に入った。

ここでなら二週間、ストレスを感じることなく過ごせるだろう。

誰の指示かは知らないけれど、スターライト王国が私を本心から歓迎してくれていることを感じ、嬉しかった。

「……ん？」

のんびりしていると、部屋の扉がノックされた。ステラとは別の女官に目を向ける。彼女は心得たように扉まで歩き、慎重に口を開いた。

「……どちら様でしょうか」

「俺はスターライト王国第一王子のアレクサンダーだ。ここにフローライト王女が滞在していると聞いたのだが」

「え？　アレクサンダー殿下？」

扉の向こうから聞こえて来たのは、確かにアレクサンダー王子の声だった。

なんの用だろうと思いながらも立ち上がる。女官に目配せし、ドアを開けるように伝えた。

「どうぞ」

女官が扉を開ける。入ってきたのは、名乗った通りの人物だった。

前に会った時から一年半。彼は、以前よりもずいぶんと大人《おとな》になっていた。そういえば、彼ももう十八歳。私が覚えている二十二歳の時の姿とほとんど変わらない。

「アレクサンダー殿下。何かご用ですか？」

「いや、カーネリアンから、お前がセレスタイト学園の入学試験を受けると聞いたからな。あれから一年半経ったお前が、どんな成長をしたのか実物を見に来てやったのだ」

言われた言葉に呆れた。思わず本音で言ってしまう。

「はあ。それはなかなか趣味が悪いことで」

「弟の婚約者が気になるのは兄として当然のことだろう？　カーネリアンから聞いた時はまさかと思ったが、本当にリリステリアから出てくるとはな。しかも、わざわざ同じ学園にまで通うとは。……なんだ、結婚するまで待てなかったのか？」

揶揄《からか》うように言われたが、そんな挑発に乗るほど安くない。私は笑みを浮かべ、平然と返した。

「ええ。その通りですが、何か？」

文句でもあるのかと語尾を強めながら告げると、アレクサンダー王子は楽しげに笑った。

「相変わらず気の強いことだ。ああ、前と同じだ。敬語などいらん。俺は、お前を見定めにきただけなのだからな」

「はあ……」

見定めとはまた物騒な言葉だ。アレクサンダー王子はにやりと笑うと、挑発的に私に言った。

「お前の実力がどの程度のものか、この俺自ら見てやろうというだけのこと。何せ俺は現役のセレスタイト学園生だからな。入試に受かる実力がどの程度なものかだって、実体験として知っている」

「……」

言われた言葉を吟味する。

アレクサンダー王子が、現在セレスタイト学園に通っているのは本当だ。

彼は現在二年生。

私とカーネリアンが入学すれば、先輩後輩の関係になる。

彼が所属している学科は確か言語学科だったなと過去の記憶を思い出しながら言った。

「残念だけど私が受けるのは魔体科なの。あなたは言語学科でしょう？　参考にならないと思うわ」

入学試験は、学科ごとに内容が違う。

一般教養試験と、志望する学科の試験、この二種類の試験に合格しなければならないのだ。

教養試験なら共通だから参考になるかとも思うが、しっかり勉強しているので、不安な部分などないに等しい。

気になるのは、志望学科の試験だが、言語学科の彼では何の参考にもならないだろう。

だが、アレクサンダー王子は首を傾げ、とんでもないことを言った。

「ん？　俺は魔体科だが。誰が言語学科だなんて言ったのだ？」

「えっ⁉」

以前とは違う学科名を出されて驚いた。

てっきり前と同じ言語学科に所属しているものと思ったのに……。

「魔体科なの？　あなた、すごく強いって聞くけど……今更あなたが魔体科に所属する利点なんてないでしょうに……」

どうして前回と違う学科に。そう思ったところで、全部が全部、私が知っているとおりに動くはずもないかと考え直した。

何せ、すでに色々なものが変わっているのだ。

私が強くなり、前向きな性格に変わったこともそうなら、カーネリアンの志望学科が変わったこともそう。

正直これには本当に驚かされた。

きっと、前回と同じように強制的に魔体科へ行かされるのだろうと思い込んでいたからだ。

だが、今回は違った。なんと王家から、志望学科は好きにして良いと言われたのだ。

前回の彼が魔体科に行くことになって嘆いていたことを知っていただけに、その話を聞いた時、私は手放しで喜んだのだけれど。

問題は、ここからだ。

なんとカーネリアンは、自分から魔体科へ行くと言い出したのだ。

理由はもちろん私が魔体科を目指すから。

同じ学科なら、一緒にいる時間が増えるとのことで、確かにそれはその通りなのだけれど、戦いたくない人を魔体科に入れるわけにはいかないし、芋づる式にカーネリアンが死ぬ未来を久しぶりにフラッシュバックの如く思い出した私は、絶対に駄目だと彼と全面的に争った。

「私もフローライトと一緒に頑張りたいんだよ」

「駄目。頑張るのなら、経済学とか数学とか、戦闘以外の分野で頑張って。戦いは私が引き受けるって、前にも言ったわよね？」

「私も言ったよ。守られるだけは嫌だって。私も愛する人を、フローライトを守りたい。だから逃げるのは止めにするって、何度も言ったよね？」

「ええ、でも私もそういうのは要らないって答えたわ。ねえ、カーネリアン。お願いだから、魔体科以外を志望して。魔体科には来てほしくないの、お願いよ」

必死に告げるも、彼は本気には取ってくれない。怪訝《けげん》な顔をして言うだけだ。

「どうして。私は大丈夫だよ。君のためなら、何も怖くないって本気で思えるんだから」

「止めて……！」

それを聞いた私は青ざめ、その場で首を激しく横に振った。

カーネリアンが私のためならなんでもできることは、体験したから知っている。

彼は私のためなら嫌いな剣を取って戦えるし、魔王も倒してしまえるほどの強者となれるのだ。だけどその代償は大きく、精神を病み、最後には取り返しの付かないことになってしまう。

それを事実として知っているだけに、カーネリアンの言葉には絶対に頷けなかった。

「駄目。絶対に駄目。……もしカーネリアンが魔体科を志望するっていうのなら、私は受験するのを止めるわ。学園には行かない」

「えっ……」

本気の声で告げると、カーネリアンは目を見張り「そこまで？」と言ってきたが、私は頑として譲らなかった。

行かなくていい魔体科に所属させるなんて、絶対に許せなかったからだ。

私たちにとってはある意味初めての大喧嘩となったが、結局、カーネリアンが折れる形となり、彼は仕方なく、魔法学科を志望することとなった。

とはいえ、入学志願書を出す時まで、魔体科と書かれるのではないかと、私は本気で疑っていたし、彼が『魔法学科』と書いて提出するところまで見届けたくらいだ。

粘着質で申し訳ないが、そうしなければ安心できなかった。

まあ、その甲斐《かい》もあって、彼は無事魔法学科を受けることとなったのだけれど。

あの騒動は二度と繰り返したくはない。

少し前の揉め事を思い出し、思わずため息を吐く。

アレクサンダー王子が首を傾げた。

「どうした？」

「何でもないわ。ちょっと前のことを思い出しただけだから。で、あなたが魔体科って話だけど、本当なの？」

疑わしいという顔をすると、アレクサンダー王子はニヤリと笑いながら、上着の内ポケットからカードのようなものを取り出した。

それを私に向かって放り投げてくる。

「見てみろ」

「……」

何だろうと思いつつも、促されるままカードを受け取る。

カードはアレクサンダー王子の学生証だった。そこには『二年　魔法・体術戦闘学科』という言葉と、彼の名前が記載されている。

「……本当だわ」

驚きながらも学生証を返す。受け取ったアレクサンダー王子は学生証を戻しながら「どうだ。本当だっただろう」と言ってきた。

その言葉に頷きつつも疑問を投げかける。

「でもどうして？　さっきも言ったけど、戦いの技術ならあなた、十分過ぎるほどあるでしょうに。魔体科に所属する意味なんてある？」

「あるぞ。何せ、良い出会いが期待できるからな。実は最近スターライト王国の周辺で魔物の数が増えてきてな。駆逐するにも兵の数が足りなくなってきた。優秀な人材をスカウトするためにも、魔体科に所属することは悪くない」

「……スターライト王国も？　確かにそこはリリステリアも同じだけど……」

魔物の数が増えてきているのは、アレクサンダー王子の言う通りだ。

それどころか、年々強さも増していっている。

リリステリアの王立騎士団もよく魔物退治に駆り出されているし、私も何度か同行しているから知っているが、以前より明らかに活性化しているのだ。

あと一年ちょっとで魔王が復活する、その兆《きざ》しなのだろう。魔物たちが強くなっていくのを肌で感じるたび、焦りが募っていく。

――痛っ。

また、左側の額が痛みを主張してきた。人と話している時でさえも、痛みは容赦《ようしゃ》なくやってくる。

それがひどく辛かった。

まだ薬が効いているはずなのにと思いながらも、できるだけ気にしないことにする。

アレクサンダー王子が口を開いた。

「そういうわけだから、もしお前が合格すれば、俺はお前の先輩になるわけだ。どうだ。これでも参考にならないなどと言うのか？」

「……言えないわね」

渋々、返事をした。

確かに、実際の試験はどんな感じだったのか、可能ならば教えてもらいたいところだ。

一応調べてきてはいるが、実際受けた人の話ほど参考になるものはない。

複雑な顔をしつつも否定できなかった私を見て、アレクサンダー王子がニヤニヤと笑う。

「魔体科の試験は、実戦だ。実際に試験官と戦い、その成績で合否が決まる。お前の実力が、試験官のお眼鏡《めがね》に適うのか、俺が見てやろう。どうだ？」

「……実戦ね」

まあ予想の範囲内だ。魔体科に所属しようというからには、戦えなくては意味がない。

そう考えると、前回のカーネリアンはよく合格したなと思うのだけれど、彼の潜在能力は計り知れないから、嫌がっていてもさくっと受かっただろうことは容易に想像がついた。

アレクサンダー王子が青い瞳を煌めかせながら告げる。

「これはお前のためではない。実力が足りなくて不合格になれば、恥を掻《か》くのは婚約者であるカーネリアンだ。合格できない程度の実力であれば最初から受けない方がいい。それを判断してやると言っている。お前にこれを断る権利はない」

「……へえ」

挑発されていると分かってはいたが、聞き逃せなかった。

不合格になれば、恥を掻くのはカーネリアン。そんなことは分かっていたし、だからこそこの半年もの間、私はひたすら真面目に試験勉強に取り組んでいたのだから。

ここで頷かなければ、きっとアレクリンダー王子は、私に合格する自信がないのだと判断するだろう。

そして言うわけだ。

見損なった。今すぐ荷物を纏めて帰るが良い――と。

――なるほど、なるほどね。

「ふざけないで」

思わず声が出た。

だって、私がどれほどの決意と覚悟を持って、ここにいると思っているのだ。

カーネリアンと一緒にいたいのも本音ではあるけれど、何より彼との未来を摑むため。

学園に通おうと決めたのも、更なる強さを得るためだ。だから私は、魔体科一択。他の科を受けようなんて思ってもいない。

魔体科に通い、来たる日までに魔王をも凌ぐ力を手に入れる。それしか、未来を切り開く道はないと分かっていたし、意地でもその未来をたぐり寄せてやると決めている。

だから、事情を知らないと分かっていても、まるで私が真剣ではないかのように言うアレクサンダー王子が許せなかったし、見定めたいと言うのなら、見定めてみろと思った。

「良いわ。相手をしてあげる」

胸を借りるのはこちらの方であることは重々承知していたが、あえてそう言った。

「女に負けたって後悔しないようにね。――私、その辺の男なんかより、よっぽど強いから」

「それは楽しみだ」

乗ってきたと嬉しそうに笑う男を、睨み付ける。

絶対に完膚《かんぷ》なきまでに叩きのめしてやるという気分でいっぱいだった。

◇◇◇

アレクサンダー王子との手合わせは、スターライト王国の城内にある、騎士たちの練習場で行われた。

練習着を持ってきていたので、それに着替えてから、アレクサンダー王子に向き合う。

彼もまた、着ていた豪奢な上着を脱ぎ捨て、シャツ一枚の格好になった。

「手は抜かないぞ」

「もちろん、要らないわ。あとで、負けた言い訳にされても困るもの」

「……強気なことだ」

呆れたように言うアレクサンダー王子を無視し、練習場を見回す。

この練習場には城に所属する魔法師たちが結界を張っていて、攻撃魔法を使っても、壁や床が吸収してくれるのだとか。

「……」

アレクサンダー王子が持っているのは槍《やり》だ。濃い紫色の派手な槍からは強い魔力を感じる。

そういえば彼は魔槍の使い手だと聞いたことがある。自らの魔力を槍に吸わせ、戦うスタイルなのだ。

「――氷弓」

右手を翳《かざ》す。次の瞬間、私の手には慣れた得物が現れた。

己の魔力で編み上げた氷の弓。

これは、魔力量が膨大な私だからこそ使える特別な武器だった。

「ほう、魔力で作った氷の弓か」

「ええ、これならどんな時でも武器を使えるでしょう？」

不測の事態が起こったとき、もし武器が手元になかったら。

その考えから私はこの氷の弓を使うことを決めたのだ。弓を顕現し続けるのはかなりの魔力がいるが、私には問題ないし、慣れてしまえばこの方法がベストだと断言できる。

「――かかっていらっしゃい」

「どうやら口先だけではないようだ。それでは、お前の実力を試させてもらおう。――行くぞ！」

「っ！」

そこから先は、熾烈《しれつ》な戦いが繰り広げられたと言えば良いだろうか。

私が弦を弾き、氷の矢を飛ばすと、彼はそれを全て魔槍で打ち破った。

魔槍は炎属性で、相性で言えば私の方が有利だ。私は遠慮なく休みなく攻撃を仕掛けた。

「くそっ！　お前、遠距離から連続攻撃とは汚いぞ！」

「どこが？　私は私の武器の強みを生かしているだけよ」

三六〇度、どこからでも氷の矢が彼を襲う。それを彼はなんとか払い落としていたが、数が多く、やはり何本かは食らってしまった。

「ちっ」

その隙《すき》を見逃さず、弓を消して突進する。

私は体術も自信があるのだ。急に距離を詰めてきた私にアレクサンダー王子は驚いたようだが、さすがに彼も実力者。遠慮なく放った回し蹴《げ》りを腕で受け止められてしまった。

それでも文句が口から零れる。

「くそっ、女とは思えない重さの蹴りだ」

「お褒めの言葉ありがとう。私はこれで、うちの騎士団長を沈めたの。私は強くなる。もっと強くならなくてはならないの。そのために、あなたなんかに躓《つまず》いている暇はないわ！」

「ぐっ……！」

体勢を立て直す暇を与えず、更なる攻撃を仕掛ける。

防戦一方だったアレクサンダー王子は、なんとか反撃する隙を探していたようだが、そんな隙、見せるはずもない。

——ははっ……ははは……楽しいっ……！

さすがに音に聞こえた王太子なだけあり、彼はとても強かった。

久々に会えた強者の存在に嬉しくなり、どんどんテンションが上がっていく。

「くっ……お前……まだ速くなるのか……」

「あは、あはははははは‼　もっと、もっとよ！」

　一種のトランス状態になった私は、今までよりも速い動きでアレクサンダー王子に迫った。先ほどから頭痛が酷くなっていたが、それすらどうでもいいと思えるほどに楽しい。

「ほら、ほら、ほら、ほら！」

　連続攻撃を仕掛ける。

　彼はなんとか私の攻撃をいなそうとしたが失敗し、私はそれを見逃さず、再度、氷の弓を召喚すると、彼の目の前で矢を放った。

「――これで終わりよ」

「っ！」

　氷の矢が直撃する。轟音《ごうおん》と共に白い煙が上がった。だが、これでもまだ彼は戦意を失っていないだろう。分かっていたのでとどめを刺そうとしたが、その前に制止が入った。

「何をしてるの！　フローライト！　兄上‼」

「……カーネリアン」

　大好きな人の焦り声を聞いた瞬間、完全にトランス状態にあった私は一瞬で我に返った。氷弓を消し、オロオロとする。

「え、あ、え……カーネリアン。どうして」

「どうしてって……二、三時間で戻るって言ったでしょう！　もう、君の部屋に行ってみても君はいないし、女官たちに聞いたら兄上が連れて行ったって言うから……！」

こちらに駆け寄ってきたカーネリアンが私を抱きしめる。

「なんでこんな危ないことするの！　君は女の子なんだよ⁉　どうせ兄上に唆されたんだろうけど、そういうのは止めなよ。心配するじゃないか！」

「それを女の括《くく》りに入れるのはどうかと思うがな……」

半狂乱になってお説教するカーネリアンに文句を言ったのは、すっかり服がボロボロになったアレクサンダー王子だった。

彼の状態は軽傷と言って差し支えないもので、それを見てやっぱりまだだなとがっくりする。

――うーん。結構全力で行ったんだけどな。このままじゃ、魔王には手も足もでない。本当にどうしよう。

アレクサンダー王子くらい、もっと簡単に圧倒できなければ魔王に勝つなど夢のまた夢。

悔しい思いをしていると、アレクサンダー王子が苦い顔をした。

「おい、フローライト王女。お前、俺に勝っておきながらその顔はなんだ」

「……もっと精進しなければと反省していたところだけど、何？」

「……」

嘘だろうという目で見られたが、本気も本気だったので無視をする。

カーネリアンが私を抱きしめたまま、兄に文句を言った。

「兄上！　勝手にフローライトを連れて行かれては困ります！　どうしてこんな真似を……」

「お前の代わりに戦う、なんて言い出す女の実力がどの程度のものか見てみたかっただけだ。正直、これほどとは思わなかったが」

「フローライトは格好良いでしょう？　惚れても仕方ないとは思いますが、もしそんなことを言い出した日には、明日の朝日を拝めないことは覚悟してくださいね」

　にこりと笑うカーネリアンに、アレクリンダー王子は頬を引き攣《つ》らせた。

「お前……いや、こんな恐ろしい女、頼まれてもごめんだ。……フローライト王女。疑って悪かったな。お前の実力なら必ず希望の学科に入学が叶うだろう」

　素直な目を向けられ、拍子抜けしたが、ここは言い返すところではないと分かっていたので、こちらも頭を下げた。

「……こちらこそ、相手をしてくれてありがとうございます」

「知らず、驕《おご》っていたようだ。女に負けるはずがないと侮っていた。俺もまだまだだな。入学すればお前は後輩になるわけだ。共に学ぶ時間もあるだろう。その時はまた相手をしてくれ」

「っ！　ええ、是非《ぜひ》！」

　実力を認めてもらえた言葉に、声が弾む。

　アレクサンダー王子は近くでハラハラしつつ見守っていた侍従から預けていた上着を受け取ると、カーネリアンに言った。

「もう、そいつを試したりはしない。——覚悟はよく分かったからな」

　そうしてフッと笑うと、練習場から出て行った。侍従が追いかけていくのをふたりで見送る。

「……フローライト」

「カーネリアン、ええと、ごめんなさい。その……アレクサンダー殿下が私と同じ学科で、受かる実力があるのか見てくれるって言うから──」

言い訳と分かっていたが理由を告げると、カーネリアンははあ、と呆れたようにため息を吐いた。

「どうせそんなことだろうと思っていたよ。一体どれくらい戦っていたか、分かってる？　あれから四時間は余裕で過ぎているんだけど」

「えっ……」

「君、またバーサク状態に入っていたでしょう」

「……」

私が戦いの興が乗ってくると、周囲が全く見えなくなり、攻撃を繰り返すバーサク状態になってしまうことをカーネリアンは知っている。

それを指摘され、思わず目を逸《そ》らした。

「そ、その……楽しかったから」

「君が楽しかったのなら良かったけど……もう、心配したんだからね」

仕方ない子、と言わんばかりに口づけられる。

この半年以上、お預けだった触れ合いに、ふわりと気持ちが浮き立った。

甘い触れ合いに陶然とする。

不思議とあれだけ酷かった頭痛が治まっていく。

唇を離したカーネリアンが照れくさそうに言う。

「……つい、口づけてしまったけど、考えてみればずいぶんと久しぶりだね」

「そう、ね。その、ずっと勉強していたから」

「うん。でもそれもあと少しの辛抱だ。来週には試験があるし、私たちは合格するに違いないって信じてるから」

「ええ」

力強く頷く。

今やすっかり頭痛は引き、久方ぶりに清々しい気分だ。

この調子で試験に挑めれば、合格間違いなし。そう信じられた。

「絶対、合格しようね」

カーネリアンの言葉に、肯定を返す。彼は周囲を見回し、言った。

「悪いけど、あとを頼めるかな」

彼の言葉に、いつの間にか集まっていたスターライト王国の騎士たちが「はい！」と大きな声で返事をした。

カーネリアンは頷き、私の腰に手を回す。

「行こうか。いつまでもここにいては皆に迷惑がかかるから」

「え、ええ。そうね」

練習場に残っていた面々にあとを託し、私の部屋へと戻る。

その途中、廊下を歩いているとカーネリアンがクスクスと笑い出した。

「カーネリアン？」

突然笑い出した彼を不審に思い見つめる。

彼は「いや、ちょっと思い出して」と楽しげに言った。

「思い出すって……何を思い出したの？」

「ん？　君が兄上を一方的にやっつけていたところかな。正直、ちょっと楽しかったよ」

「えっ……？」

素直に兄を慕っているカーネリアンが、まさかそんなことを言うとは思わず驚いた。

だが、彼は確かに笑っている。

「いや、兄上とふたりきりで……っていうのは確かに腹が立ったし、私のフローライトをって気持ちもあるんだけど、それとは別でさ。兄上って普段、周りから結構忖度《そんたく》されて生きているじゃない？」

「え、ええ。それは、そうね」

周囲が王太子の顔色を窺うのは当然だし、不興を買わないよう忖度するのは、城で働く者が生き残るために必要不可欠な能力でもある。

だから頷くと、カーネリアンは私の腰を自らの方へ引き寄せ、秘密の話をするように言った。

「さっき君に負けた時の兄上の顔ってば！　君に負けるなんて予想していなかったんだろうね。鳩が豆鉄砲を食ったようっていうのはああいうのを言うんだろうなって、そんな風に思ったよ」

「そ、そう？」

「うん。平然としてたけど、きっと今頃自分の部屋で悔しがっていると思うよ。兄上、プライドの高い人だから。でも、そういうのもたまには良いんじゃないかな。世の中は広いって知った方がいいと思う」

「カーネリアン」

「それはそうと、私の君が強くて美しいのは自慢でしかなかったけどね。ね、フローライト。もし、学園に入っても絶対に浮気なんてしないでよ。ただでさえ学科が違うんだ。君と離れている間に、君に近づくような男がいたりしたら、私はその男をどうしてしまうか自分でも分からないからね？」

まるで警告するように言われる。

だが、カーネリアンがこの話をするのは、これが初めてではないのだ。

志望学科が別れることに決まった時から、耳にたこができるくらいに言われている。

だからなんとも思わないし、そもそもそれは私の台詞だと思うので、言い返しておいた。

「その台詞、そのまま全く同じものを返すから」

カーネリアンがどこぞの女に取られるなど許せないし、浮気など言語道断。

我ながら据わった目で訴えると「私が浮気？　そんなことするわけないじゃないか！　疑うなんて酷い！」と、カーネリアンは誰が最初に言い出したんだと言いたくなるような言葉を叫んでいた。

第五章　魔王、来臨

アレクサンダー王子のお墨付きもしっかりもらい、幸いなことに頭痛もなく万全の状態で挑んだ入学試験。

当然その結果は、最良のものとなった。

私もカーネリアンもそれぞれ希望の学科に入学許可が下り、カーネリアンに至っては、入学式の挨拶を任されたのだ。

つまりそれは、彼が一番の成績で入試を突破したということ。

私も頑張ったので負けてしまったのは悔しいが、その相手がカーネリアンとなれば腹も立たない。むしろ心からのおめでとうを彼に贈った。

セレスタイト学園には寮があるが、さすがに王女という身分で入寮は難しい。

王族となれば皆も気を遣うだろうし、特に問題となるのは警備面だ。

王女である私は国から何人もの護衛を連れて来ることになる。自分の身は自分で守れるから良いという話ではないのだ。国の面子《めんつ》にも関わってくる。

そして選抜された護衛たちの性別はほとんどが男性で、当たり前だが彼らは女子寮には入れない。

かといって、護衛を連れて行かないなど言語道断なので、学園近くにある屋敷を買い取り、そこから通う……という話になった。

両親が吟味した屋敷は三階建てで、元々、侯爵家の別宅だった。広い庭もあり、鍛錬することも十分可能。

部屋数も多く、地下室も完備されていた。屋敷と繋がっている別棟もあり、そこは使用人たちの住居となっている。これなら護衛や女官、侍従たちも一緒に暮らすことができる。

その屋敷にまずは女官と侍従たちが入り、ひと月かけて準備を整え、そのあと護衛たちを連れた私が向かった。だけど、屋敷に着き、馬車から降りたらまさかのカーネリアンがいて、笑顔で手を振っているのを見た時は、正直びっくりした。

「えっ、カーネリアン？」

「ふふ。来ちゃった」

語尾にハートマークでもついていそうな勢いだ。

確かにカーネリアンには住まいの場所を教えたし、今日行くことだって伝えたが、彼は仕事が忙しく来られないと聞いていたのだけれど。

「えっ、大丈夫なの？」

「あとで戻るから平気だよ。君が引っ越してくる日に一緒にいられないなんて、あり得ないって思うからね。事情を話して、少しだけ抜けさせてもらったんだ」

「そうなの？　でも来てくれたのは嬉しいわ。ありがとう」

来られないと聞いた時はガッカリしたので、サプライズ的に顔を出してくれたのは嬉しい。

あとで戻らないといけないというのは残念だが、仕事なのだから仕方ないだろう。

護衛たちが動き始める。

まずは三人ほどが屋敷内を確認。

残りの護衛は、手分けして庭と屋敷周辺を調べにいった。

二人ほど残ったが、それは私たちの護衛という本来の任務を果たすため。この二人は、連れてきた護衛たちの中でもかなり強く、内ひとりは彼らをとりまとめる立場にある。

リリステリア王国王立騎士団から派遣されてきた彼は、ベリル・ユークレースという名前だ。

金髪碧眼で、二十代という若さながらも頼もしく、父の覚えもめでたい伯爵家の次男。

私とも何度も手合わせをしたことがある。

強くなることに貪欲で、そういうところがとても話が合うのだ。今回、彼が護衛のとりまとめ役に立候補してくれたと聞いた時はとても嬉しかった。

護衛たちがそれぞれの場所から戻ってくる。

報告を受けたベリルは鋭い顔で頷き、私に言った。

「姫様。問題ありません。どうぞ中にお入りください」

「そう、ありがとう」

「あとで、私が屋敷全体に防犯用の結界を張ります。宜しいでしょうか」

「ええ、任せるわ」

防犯用の結界は基本中の基本だ。

不審者が入れば、結界を張った本人にはすぐに伝わる。

護衛のとりまとめ役であるベリルに任せれば安心だろうと許可を出し、早速屋敷内へと入った。

先に屋敷に入っていた女官たちが屋敷内を案内してくれる。カーネリアンも当然の如《ごと》く、ついてきた。

一階は談話室や軽いパーティーができるほどの広間があり、二階にはゲストルームや図書室、遊戯室があった。地下は調理場やワインセラー、洗濯場や使用人たちの食堂などがある。

「姫様のお部屋は三階です。窓からお庭を眺めることができますよ」

「楽しみだわ」

階段を上りながら女官――ステラの言葉に返事をする。

今回、こちらの国へ来ることになり、私付きの女官は全員連れてきた。期間は学園を卒業するまでの五年間に及ぶ。

さすがに期間が長いので、嫌なら無理に来なくとも構わないと伝えたのだけれど、皆、快く頷いてくれてとても感謝している。

三階の東側へ行く。屋敷は階段を挟んで東と西に分かれているのだ。

東側の突き当たり。その部屋に行くと、ステラは頭を下げながら言った。

「こちらが、カーネリアン殿下のお部屋となります」

「うん、ありがとう」

「えっ⁉」

全く考えもしなかった言葉がステラから飛び出し、ギョッとした。

だがカーネリアンは当然のように頷いているし、ステラも笑顔である。

何も知らなかったのはどうやら私だけだったらしい。

「え、え、え？　ちょっと、どういうこと？」

「ん？　聞いてない？　そちらの国王陛下が気遣ってくださったんだ。ひとりだと娘も寂しいだろうから、婿殿も良ければ一緒にって」

「ええ⁉」

聞いてない。

全くそんな話は聞いていなかった。

てっきりカーネリアンは王城から通うものだとばかり思っていたのにこの流れは予想外だ。

「え、いや、でも……お仕事とか……」

「ここから城まで馬車で三十分ほどの距離だしね。普通に通うよ。緊急時には転移魔法もあるし……ね、何も問題ない」

「……」

——お父様！　言ってよ‼

心の中の父に思いきり怒鳴る。

きっと今頃父は、私が動揺しまくっているのを想像して宰相とふたりで笑っているのだろう。……

父は昔からサプライズが好きなのだ。

私が喜ぶだろうと思っての配慮だろうが、それならせめてひとこと伝えておいて欲しかった。

……というか。

――お父様。徹底的にカーネリアンを囲いに来たわね。

今回の措置はたぶん、そういうことなのだと思う。

父は（もちろん母もだが）武力に極振りした私を嫌な顔ひとつせず、むしろ喜んで貰ってくれるカーネリアンをとてもとても気に入っている。

戦えないからなんだというのか。それより娘の手綱を握ってくれる方が大事だと普段から豪語している人なのである。

父にとってカーネリアンはお気に入りの未来の息子。そしてその息子は、少し前、なんと転移魔法を覚えてきた。

転移魔法は、使えるものが数人しかいないと言われる難しすぎる魔法でもある。

そんなものをひょいひょいと操り、なおかつ名門セレスタイト学園に首席で入学できる学力の持ち主ともなれば、もう絶対に逃してなるものかと父が考えるのは当然のことで、父の「カーネリアンはうちの息子ですけど！　今更駄目って言われたって返さないから！　絶対に結婚してもらうから！」という強い主張がヒシヒシと伝わってくる。

父のとても分かりやすい訴えに気づき、何だかなあと思っているとカーネリアンが不安そうな顔をして私を見てくる。

「……駄目、かな？　私は誘ってもらえて嬉しかったんだけど」

「駄目ではないし、嬉しいわ。ただ、何にも話を聞かされてなかったから驚いただけ。……そうね、学科が違うんだもの。同じ屋敷にいれば、自然と一緒に過ごす時間も増えるし、私も幸せだわ」

正直な気持ちを伝える。

分かりやすいお膳立てに驚きはしたものの、嫌なわけではもちろんないのだ。

好きな人と一緒に暮らせるというのは、嬉しいことでしかない。

私の言葉を聞き、カーネリアンがホッとした顔をする。

「よかった。嫌だって言われたらどうしようかって思ったんだ」

「そんなこと言うはずないじゃない。嬉しい、とても嬉しいわ」

カーネリアンの手をギュッと両手で握る。

「これから五年間、よろしく」

「こちらこそよろしく。……んー、とは言っても、多分卒業したらすぐに結婚するから、実際は五年どころの話ではないんだけどね」

「え……？」

「ん？　もしかしてこれも聞いてない？　君の父上が言ってらしたんだけど」

「……」

——だから、そういう話は娘の私にも言っておいてほしい。

具体的な時期まではまだ何も決まっていないものと思っていたのに、まさかカーネリアンから聞かされるとは思わず、口をあんぐりと開いてしまった。

「カーネリアン……お父様と仲良しね？」

「うーん、そうだね。転移魔法を覚えた際にやり取りしたでしょう？　それからわりと頻繁に連絡は取り合ってる……かな」

「……おおう」

父とカーネリアンが仲良し過ぎる。

将来を考えればとてもいいことだとは思うのだけれど、もしかしなくても、私よりもカーネリアンの方が父と仲が良いのではないだろうかと、ちょっとだけ真面目に考えてしまった。

◇◇◇

「ここが私の部屋ね」

続いて案内された私の部屋はカーネリアンとは反対側の西側にあった。

中に入ってみると、かなり広い。

隣の部屋と繋がっていて、そちら側が寝室だった。寝室は廊下側の扉からも入れるようになっている。普段は内側から鍵を掛けておけばいいのだ。

家財道具は新しいものが取り揃えられていたが、甘くなりすぎない部屋の雰囲気は悪くない。

女官たちは私の趣味を知っているから、色々考えてくれたのだろう。

勉強机も使い勝手が良さそうで、不満に感じるようなものはなかった。

「良いわね」

部屋を確認し、頷く。一緒についてきていたカーネリアンも頷いた。

「フローライトの部屋って感じがする」

「確かに、リリステリア城内にある私の部屋と雰囲気は似ているかも」

これなら落ち着いて五年間を過ごすことができるだろう。

先ほどカーネリアンの部屋も見せてもらったが、彼の部屋はシックな雰囲気でまとまっていたし、彼も満足していたように見えた。

ステラが笑顔で声を掛けてくる。

「お茶をお淹れいたしましょうか？」

その言葉に頷こうとしたが、カーネリアンが「私はいいよ」と断った。

「カーネリアン？」

「さっき言ったでしょ。ちょっと抜け出してきただけだって。そろそろ戻らないとまずいから私は行くよ。あ、あと私の引っ越し予定は入学前日。それまでに城の用事を片付けておきたいから、君には会いに行けないと思うけど……待っててくれる？」

「ええ、もちろん」

快く頷いた。

入学式まであと一週間。

彼としばらく会えないのは残念だけど、来週からは一緒に過ごせるのだ。それに引っ越してきたばかりでやることは山のようにある。

彼が引っ越してくるまでの間にこちらも色々片付けておきたいと思うので、時間の余裕があるのは有り難かった。

「待っているわね」

「うん。先に荷物だけ送るかもしれないけど、そっちの対応はお願いして構わないかな」

「分かったわ。侍従や女官は連れてくるの？」

彼にもそういう世話をする人は必要だろうと思ったが、彼は首を横に振った。

「ううん。良ければ君が連れてきた子たちにお願いしたいんだけど。何せ卒業したら私は君の国に婿入りするんだからね。今から君の国の使用人たちともコミュニケーションをしっかりとっておこうと思って。あ、負担になるっていうのなら話は別だよ。ちゃんと連れてくるけど――」

窺うように見つめられ、私はステラに目を向けた。

「ステラ、大丈夫？　人手は足りているかしら」

「大丈夫です、姫様。陛下からは出発前に、カーネリアン殿下のお世話もするよう、申しつけられておりますから。侍従もそれに合わせた人数を連れてきております。何も問題ありません」

「……そ、そう」

――だから父よ。そういうことは私にも教えてくれ。

ハキハキと返してくるステラの答えを聞き、乾いた笑いが出た。

リリステリアの使用人たちに慣れてもらおうというのは、どうやら父の意図でもあったらしい。

お父様……と小さく息を吐いていると、これはカーネリアンも聞いていなかったようで目を丸くしていた。

「良いの？　本当に？　言い出しておいてなんだけど、申し訳ないかなって思っていたんだけど」

「お父様が良いって仰ってるんだもの、気にしないでおきましょう。それに確かにこれはいい練習にもなると思うもの。リリステリアとスターライトでは違うことも多いだろうし、今から慣れてくれたら、こちらに来た時に戸惑わないで済むと思うわ」

「うん、そうだね。それじゃあ有り難く」

カーネリアンが嬉しげに頷く。

多分だけれど、分かりやすくリリステリアから歓迎されているのが理解できて嬉しいのだろう。

カーネリアンが喜んでくれるのなら良かったと思うし、父も良い仕事をしてくれたと思う。

「じゃあ、ごめんね。一週間後、戻ってくるよ」

「ええ、待っているわ」

部屋の扉に向かって歩いて行く彼の後をついていく。

カーネリアンは振り返ると、笑って言った。

「ここまででいいよ。君もリリステリアから移動してきたばかりで疲れているでしょう？」

「えっ、外まで送るけど……」

「いいよ、本当に。ゆっくりしてて。じゃ――行ってきます」

身体を軽く折り曲げ、カーネリアンがキスをしてくる。いってらっしゃいのキスだと気づき、カッと顔が熱くなった。

キスしたのが恥ずかしかったのではない。まるで今のやり取りが新婚カップルのようだと思ったのだ。

唇を離し、にっこりと笑うカーネリアンに顔を赤くしたまま「行ってらっしゃい」と告げる。

彼は笑顔で手を振り出て行ったが、私はその場で「うわあああ！」と叫び、寝室に飛び込むと、ベッドの上でジタバタとのたうち回った。

◇◇◇

すでにカーネリアンの荷物は運び込まれている。

いつ彼が来ても良いようにとワクワクしながら待っていたのだけれど、思いの外《ほか》遅く、戻った時間はそろそろ夕食の時間に差し掛かろうかという頃だった。

カーネリアンが戻ってきたのは、彼が言った通り、入学式前日のことだった。

「ただいま」

帰宅の挨拶をした彼は笑顔だったが、相当疲れているように見える。

もしかしてこの一週間、かなり根を詰めて仕事をしていたのではないだろうか。

「大丈夫？」

「大丈夫、平気だよ。ちょっと……うん、数が多かっただけだから」

仕事のことを思い出したのか、眉を寄せるカーネリアン。

数が多いということだから、書類仕事が大変だったのだろう。

私もリリステリアではそういう仕事もしていたので、うんざりする気持ちは良く分かる。

「……大変よね。書類仕事って」

「えっ、あ、うん」

「？」

しみじみと告げたのだが、何故《なぜ》か一瞬「え」という顔をされてしまった。

不思議に思うも「いやあ、本当、あれ、サインしてもしても終わらないよねえ」と普通に話を続けてくるので指摘するのもなんだかおかしい。

今の「え」は何だったのかと思うも、それ以上は聞けなかった。

◇◇◇

「――以上。新入生代表　カーネリアン・スターライト」

次の日、私たちは予定通りセレスタイト学園の入学式へ参列した。

新入生代表としてカーネリアンが堂々と式辞を述べるのを、誇らしい気持ちで見守る。

皆、カーネリアンの美しい容姿と物怖じせず真っ直ぐに代表として臨《いど》む様子に、憧れと尊敬の眼差しを向けていた。

――ふふ、私の婚約者なんだから。

十七歳へと成長したカーネリアンの身長はとうに私を追い抜き、少し顔を上げなければ視線が合わなくなった。

私も小さい方ではないのだけれど、それ以上に彼が育っているのだ。

彼は細身で、顔も中性的。男臭い感じは一切なく、むしろスマートな王子様という印象だ。

顔の造りはどのパーツも整いすぎて怖いくらいだし、目を伏せれば睫《まつげ》は女性よりも長い。

透明感のある雰囲気は、人のいない静かな森を思い出し、光に煌めく真っ直ぐな銀髪と珍しいオッドアイすら、彼を彩るオプションにしか思えない。

全身どこにも隙のない美しい王子様。それがカーネリアンなのである。

ある意味唯一の欠点が『第二王子』らしいのだけれど、それは私にとってはむしろ長所なので、問題ない。

彼は、真新しい制服に身を包んでいる。

このセレスタイト学園の制服。

詰め襟《えり》タイプの裾の長いカッチリとした制服は格好良いし動きやすくて、私も気に入っている。

だけど私とカーネリアンの制服はデザインが同じでも色が違った。

彼は白だが、私は黒。

この学園では選択学科によって、制服の色が違うのだ。

言語学科、数学科、経済学科の学術系科目は青色。

魔法学科は白。

そして、魔法・体術戦闘学科は黒の制服を採用している。

しかし、白の制服にカーネリアンの銀色の髪は、よく映える。

彼ならどんな色の制服でも似合っただろうが、白はまた格別だ。

壇上で学園長とやり取りする彼をうっとりと眺める。絶対に彼を死なせないと改めて心に誓った。

私はこの学園で更なる強さを身につけ、近く復活を遂《と》げる魔王を自らの力で撃退する。

そしてカーネリアンとラブラブなまま卒業して、結婚するのだ。

それが十歳の時から私が抱き続けている願いであり、必ず叶えてみせると決意している夢。

この願いを叶えるためならどんな犠牲でも払ってみせるし、実際その通りに生きてここまで来た。

残念ながらまだ魔王を倒せるレベルには到達していないけれど。

魔王が来るまであと少し。

残された時間は少ないが、私にはまだ伸びしろもあるだろうし、数ヶ月後には別人の如く強くなっているはず、いやならなければならない。

——絶対に、絶対に死なせないわ。

二度とあんな恐ろしい思いはしたくない。

世界で一番大事な人の命が失われる瞬間を、もう一度見る羽目になるなんて絶対にごめんなのだ。

カーネリアンが壇上から降り、ちらりと私の方へ顔を向ける。それにこっそり小さく手を振って応えながら、私は強くなるんだと改めて自分に言い聞かせていた。

◇◇◇

入学式も無事終わり、いよいよ学園生活が始まった。

私とカーネリアンは学科が違う。

座学では同じ授業に当たることもあるけれど、それは毎日ではないし、思ったよりもすれ違う時間は多かった。

とはいえ、昼ご飯は学食で一緒に食べるようにしているし、授業が終われば同じ屋敷に帰るのだ。

馬車での登下校も一緒なので、離れるといっても我慢できないほどではなかった。

それに私には、時間がないことだし。

魔体科の授業は戦闘を主とした学科というだけあり、その殆どが実戦形式で行われる。

クラスメイトや教師、時には上級生と手合わせをしながら、自らを高め、強くなるのが目標だ。

それぞれ得意武器が違うので、どういうふうに戦えば良いのか考えるのは楽しいし、新しい戦術を知るのも面白い。

あと、意外と楽しいのが、タッグ戦だった。

ペアを組んで、相手ペアと二対二で戦うのだけれど、パートナーの動きを読んで動いたり、協力して攻撃したりするのが思ったよりも性に合ったのだ。

しかもこれは予想外だったのだけれど、一番相性がいいのが、なんとアレクサンダー王子だった。

私は基本弓を使う遠距離攻撃を得意とするのだけれど、彼は槍を使っての近・中距離攻撃。

お互い戦いに関する考え方が似ているのか、打ち合わせしなくともなんとなく相手の動きが分かるし、補助するように動くこともできる。

その戦い方は、今までひとりで戦ってきた私には目から鱗《うろこ》が落ちるというか、思いもつかなかったもので、こういう方法もあるのだととても勉強になった。

チームプレイの大切さを学んだわけだ。

とはいえ、これが魔王戦に生きるかどうかは分からないのだけれど。

ちなみにカーネリアンには、授業中、アレクサンダー王子とペアを組んでいることがバレている。

最初に知られた時は「ずるい！」と怒られたが、あれは私に対するずるい、なのか、それともアレクサンダー王子に対するずるいなのか、微妙なところだ。

何せカーネリアンは兄のことがとても好きだから。

彼には授業だから仕方ないと納得してもらいはしたが、かなり拗ねていたことを覚えている。

おかげで屋敷に帰ったあと、彼を宥《なだ》めるために何時間もキスをする羽目になった。

最後の方にはもうすっかり訳が分からなくなって、ぼうっとしていたが……うん、冗談抜きで、キスのしすぎで唇が腫《は》れ上がるかと思った。

カーネリアンは怒ると自分の気が済むまでキスをし続ける癖があり、今回もそれが出た形となったのだけれど……いつもよりも長かったし、正直食べられてしまうかと思った。

それも良いかなと思ったのは、内緒だけれど。

幸いにもなんとかそれで機嫌を直してもらった私は現在もアレクサンダー王子とペアを組み続けて

いるのだが、やはり彼とは相性が良いようで、もしかしたら、ひとりで戦うよりも強くなれる可能性があるのではと最近考え始めている。

そしてそれはアレクサンダー王子の方も同じらしく、彼からは今度、スターライト王国の王立騎士団が討伐する予定の魔物を一緒に狩りに行かないかと誘われていた。

人間相手ではなく、魔物相手にペアで戦うとどうなるのか試してみたいということで、私としても悪くない申し出だと思っている。

もちろん、カーネリアンに黙って行くわけにはいかないから、話をしないといけないのだけれど、彼は頷いてくれるだろうか。

多分、嫌がるだろうなというのは簡単に予想できるので、魔物退治の話を持ち出すのはもう少しあとにしようと考えていた。

それに、今の私に『ペア』で強くなることに意味があるかどうかも分からないし。

来たる魔王戦。

その時、アレクサンダー王子がいるかも分からない。

ひとりで立ち向かう確率の方が高いだろう。

だとしたら、やはりまずは私が強くならなくてはいけないのだ。

そう思えば、ひとりでの鍛錬に力を入れることになるのも仕方なくて、学園内にある魔体科生が使用できる闘技場を休み時間や放課後に積極的に使っては、自らを鍛えていた。

しかし、それでもまだ足りないというのが実際のところ。

私の思う強さには全然到達できていない。

私が妙に焦っていることにはカーネリアンも気づいていて、時折「どうしたの」と聞いてくるのだけれど、まさか「魔王がもう少しで復活するから、それに備えて」なんて言えるわけがない。

世の中的には魔王が復活する、なんて話は全くないし、詳しく話せば、私が死に戻ってきたことも説明しないといけなくなってしまう。

結局口を噤《つぐ》み、ひとりで頑張るしかないわけで、日々を焦りながらも確実に過ごしていくしかなかった。

◇◇◇

「はあ、はあ……」

膝に手を突き、息を整える。

昼休み、私はひとり闘技場にて自主練に励んでいた。

正直、かなり焦っていた。

だって結果が出ない。

努力はしている。できる限りのことはしているのに、思うように実力が伸びないのだ。

まるで頭打ちになってしまったかのように停滞していた。

「困る……こんなことでは困るのよ……」

今の私の実力では、魔王には勝てない。

それが分かるだけに、絶望にも似た気持ちに駆られてしまうのだ。

「……このままじゃ、また同じ結末に……」

恐ろしい記憶を思い出し、身震いする。

絶対にあの結末を繰り返させないと決意しているのに、確実にその未来が近づいているのが恐ろしかった。

「一体……どうすれば」

「精が出るな」

悩み抜いていると、後ろから声がした。

振り返る。アレクサンダー王子ともうひとり、魔体科の男子生徒がこちらを見ていた。

「……アレクサンダー殿下」

「昼休みまで熱心なことだ。そんなに強くなりたいのか」

「ええ、もちろんよ」

アレクサンダー王子の問いかけに答える。

私は何としても強くならなければならないのだ。こんなところで躓いている暇はない。

「話がそれだけなら、邪魔しないで。鍛錬したいの」

「上手くいっていないように見えるが」

「っ」

痛い所を突かれ、思わずアレクサンダー王子を睨んだ。

彼は肩を竦め「正直に言ったのに睨まれるのは意味が分からん」と飄々《ひょうひょう》としていて、悪びれる様子もない。

そんな彼を見ていると、片意地を張っているのが馬鹿らしくなってきた。

ため息を吐き、彼に言う。

「……そうよ。見ての通り、伸び悩んでいるわ」

「お前の強さは相当なものだと思うがな。まだ足りないのか」

「ええ、全く足りないわね」

最低でも魔王を退けねばならないのだ。今の実力でそれが叶うとは思わない。

「あの……」

男子生徒がおずおずと話し掛けてきた。

彼は私と同学年。アレクサンダー王子と同じで槍を使う。なかなか筋が良く、将来有望だなと思っていたので覚えていた。

「何かしら」

「どうしてそんなにも強さを求めるんですか？」

「え……？」

質問の意味が一瞬分からなかった。男子生徒が言う。

「僕たちから見たら、フローライト様の強さはすでに異次元レベルです。それなのに足りないなんておっしゃるから」

「……そうね」

純粋に気になるのだろう。

とはいえ、魔王に勝たないといけないからとは言えない。どう答えようか、少し悩みはしたが、嘘ではないところを告げた。

「私は強くならなくてはいけないの。誰もが認めるくらい強くなって、カーネリアンのことを誰も馬鹿にできないようにしたいの」

「カーネリアン第二王子ですか？　フローライト様とは婚約関係と聞いていますが」

「ええ、その通りよ」

私とカーネリアンが婚約者であることも、互いに想い合っていることも隠していないので、肯定する。

「卒業したら彼は私の国に来てくれるの。私には兄弟がいないから、婿入りしてもらうのよ」

「はい、聞いています」

「国王には強さが求められる。でも、カーネリアンは腕っ節が強いわけではないでしょう？　彼は頭が良くて魔法の腕前も素晴らしいけれど、とても優しい人だもの。人を傷つけることなんてできはしない。だから代わりに私が強くなることにしたのよ」

「フローライト様が？」

「ええ」

「……どうしてですか。王女のあなたが戦いなんて」

痛ましげに見られ、ムッとした。同情されているような気がしたのだ。

「王女だから何？　私は、私ならできると思ったからこの道を選んだの。それを後悔なんてしていないわ。私はカーネリアンにいつまでも優しい人でいて欲しいし、そのためにできることはなんでもしようと思っているもの」

拳を握る。

改めて、己の原動力を思い出した心地だった。

アレクサンダー王子が揶揄うような口調で言う。

「にしても強くなりすぎだと思うがな。この王女は、俺すら簡単に制圧するような女だから」

「強すぎるくらいでちょうど良いのよ。中途半端だと認めてなんてもらえない」

「それはそうだな」

「全部倒して初めて『文句はあるかしら？』って言える立場になれるのよ。私は女だもの。舐《な》められないよう徹底的に強くなる必要があるわ」

断言する。

自分の意見が間違っているとは思わなかった。

だって実際、その通りだったからだ。

中途半端に戦えたくらいでは「所詮は女のおままごと。本気ではない」と嘲笑《あざわら》われるだけ。全てを倒して初めて本気であることを認めてもらえるのだ。

「だから私はこんなところで止まってはいられないの。私が負ければ、それはすなわちカーネリアンが侮られることに繋がるのだから」

「……お前は本当にカーネリアンに惚れ込んでいるな」

呆れたようにアレクサンダー王子が言う。その言葉に頷いた。

「ええ。彼は私の全てだもの」

「全て、か。それにしては、あいつの全てを知っているようには思えないが」

「……どういう意味よ」

「……さあな」

気になる物言いをするアレクサンダー王子を睨み付ける。

「……言っておくけど、カーネリアンは浮気なんてしないわよ」

念のため告げると、あっさりと肯定が返ってきた。

「よく知っている。お前もあいつも、互いのことしか見ていないからな。そういう意味ではない」

「じゃあ、どういう意味よ」

「俺からは言えない。気になるなら自分で聞けばいい。カーネリアンが答えるかどうかは別だが」

「……」

アレクサンダー王子の言葉に含みのようなものを感じ、黙り込む。

カーネリアンが私に何か隠し事をしている。彼はそう言っているのだ。

気にならないと言えば嘘になる。だが、そもそもアレクサンダー王子が真実を話しているかも定かではないのだ。それに――。

「浮気ではないのでしょう？　それなら、別に構わないわ。誰にでもひとつやふたつ、言いたくないことくらいあるでしょうし。婚約者という間柄だからと言って、一から百まで言う必要はないと思うの」

「ほう？」

「それにカーネリアンは、まだスターライト王国の王子だもの。リリステリア王女の私に言えないこともあると思う」

自分で言いながら、改めて納得する。

そうだ。誰にでも秘密のひとつやふたつ、あるではないか。

たとえば私だってそうだ。

これからの未来の話を私はカーネリアンに告げていない。

時折、私を苛む頭痛のことだって言っていないし、そう考えれば、彼が秘密を持っていると言われても「そういうこともあるだろう」としか思わなかった。

きっぱりと告げると、アレクサンダー王子は面白くなさそうな顔をした。

「なんだ。たまには喧嘩のひとつもすれば面白いかと思ったのだが」

「お生憎様。私たちは喧嘩なんかしないわ。だってお互い相手の全てを受け入れる用意があるもの」

「ああ、そのようだ」

フッと唇を歪め、アレクサンダー王子が笑う。一緒にいた男子生徒を振り返り、私を指さした。

「分かったか。こいつはこういう女だ。徹頭徹尾、カーネリアンのことしか考えていない」

「……どういう意味よ」

何の話かと眉を寄せる。だが、闘技場の扉が開き、ぞろぞろと同学年の魔体科の生徒たちが入ってきてギョッとした。

「え……？」

驚くことに全員いる。皆、こちらを窺うようにして見ていた。

「ど、どういうこと？」

アレクサンダー王子に聞く。なんとなく、主犯は彼ではないかと察していた。

アレクサンダー王子は肩を竦め、仕方がないというふうに言う。

「入学してからずっと、ただひたすら鍛錬に没頭するお前を、皆は扱いかねていたんだ。何を考えているのか分からない王女とどう付き合えばいいのか、同じ王族である俺に相談してきてな。こうしてお前と直接話せる機会を窺っていたというわけだ」

「……」

「お前も王女なら、コミュニケーションを取ることの大切さは分かっているだろう。それが入学してからこれまで碌《ろく》に話もせず、ひたすら鍛錬、鍛錬、鍛錬。お前を知らない人間からして見れば、さぞ不気味に見えたことだろうよ」

「……碌に話もしない？　そんなことないわよ。授業中、話くらいはしていたわ。タッグ戦だってあるし、話さないわけにはいかないでしょう？」

「戦いに必要な言葉だけな。『右』『左』『そちらは任せた』これらは会話と呼べるのか？」

「……っ」

反論してみたが、ぐうの音も出ない答えが返ってきた。

「それ以外では一切関わろうとせずひたすらひとりで鍛錬。休み時間を狙おうとも、そもそもカーネリアンとべったりだ。これでどうやってコミュニケーションを取れと？」

「……そう、ね」

指摘されてみれば、アレクサンダー王子の言うことはいちいち尤《もっと》もだった。

対話を拒み、ひたすら鍛錬に励む王女。

今まで、とにかく魔王の強さに足掻《あが》くことに必死でそこまで気が回っていなかったが、クラスメイトに遠巻きにされても当たり前だと思う。

とはいえ気づいても、改善しなかったと思うが。

何せ、私には時間がないのだ。

クラスメイトと語らう暇など作れるはずがない。

カーネリアンと過ごす時間、それと強くなるための努力だけで、私の全ては埋《う》め尽くされているのだから。

「……ごめんなさい。気をつけるわ」

「気をつける、ね」

「何よ」

「いや、ここまで言われても改善する気がないのかと思っただけだ」

「……そんなことないわよ」

内心、ドキッとしながらも否定する。

「ほう？」

「和を乱していたことは理解したもの。そんなことはしないようにするつもりよ」

「具体的には？」

「……」

いきなり言われても困る。

何も言えないでいると、アレクサンダー王子が言った。

「分からないなら教えてやろう。お前には皆との共同作業、つまりはオリエンテーションが必要だということだ。ふむ……そうだな。では、皆で魔物退治でもしてみようか。互いに協力することで、相手を知ることができるだろう。どうだ」

「どうだって言われても……そもそもカーネリアンが許可するか、分からないわよ」

元々魔物退治については前向きに考えていたから、討伐自体は構わないが、問題はカーネリアンである。

授業以外で出掛けると言ったところで、彼が頷くかどうか。

そうでなくても、学科が違うことを彼は気にしているのだ。とてもではないが、快い返事が貰えると思えない。

「カーネリアンが駄目だと言ったら、私は行けないわ」

彼の機嫌を損ねてまで、オリエンテーションに参加するつもりはないと正直に告げると、アレクサンダー王子はにやりと笑った。

「それについては問題ない。これは授業の一環だからな」

「授業？」

「教師に掛け合って、魔物退治を授業として認めてもらえることになった。これならお前も参加しなければならないだろう？」

「……」

用意周到すぎるアレクサンダー王子に呆れかえった。

「そこまでする？」

「そこまでしなければならないほど、お前は浮いているのだということを自覚しろ。お前は強いが、それだけでは駄目だ。まあ、俺に言われなくても分かっているとは思うが」

ため息を吐く。

確かに強くなることに焦りすぎて、カーネリアン以外の全部を蔑ろにしてきた自覚はある。

そしてその態度は、この学園の生徒として失格なのだ。

だから上級生かつ王族であるアレクサンダー王子が代表して、苦言を呈しにきたのだろう。

彼くらいしか王女である私に文句を言えないから。

もしかしたらクラスメイトだけではなく、教師にも何か言われたのかもしれない。

それに気づいてしまえば、余計なお世話とはとてもではないが言えなかった。

「……分かったわよ」

時間が勿体《もったい》ないと思わないでもないけれど、それを言ってはいけないことくらいは分かるし、皆が
どこかホッとした顔をしたことにも気づいてしまったから。

——私、すごく自分勝手だったのね。

皆の表情でようやく察することのできた己が恥ずかしい。

焦る気持ちはあるけれど、それはあくまでも私の都合。

それに皆を巻き込んではいけないし、学園に来た以上、馴染《なじ》む努力はしなければならない。

私は降参の意味を込めて両手を挙げ、アレクサンダー王子の提案に頷いた。

◇◇◇

「あはっ、あははっ！　楽しい！」

魔物に向かって氷弓を引く。大きな熊にも似た巨体が、矢の当たった場所から凍り付いていった。

授業の一環だと連れて行かれたスターライト王国王都から少し離れた場所にある荒れ地。

そこで私たちは魔物狩りに勤しんでいた。

クラスメイト全員と引率の教師。そしてアレクサンダー王子というメンバーだ。

どうしてアレクサンダー王子も来るのかと思ったが「俺は潤滑油の役目だ」と言われてしまえば文

句も言えない。

それに授業でのパートナーでもあるから、彼がいてくれる方が戦いやすかった。

「フローライト！　後ろが疎かだぞ！」

アレクサンダー王子が叫ぶ。私は身体を捻《ひね》り、後ろからの攻撃を躱《かわ》した。

攻撃し損なった怪鳥が、気味の悪い声を上げる。

「ちゃんと見ているわよ！　あなたこそ、しっかり倒して！　それ、あなたの獲物でしょ！」

「うるさい！　今、倒してやる」

アレクサンダー王子が槍を振るい、向かってきた怪鳥を一突きにする。怪鳥は大きな羽をばたつかせていたが、しばらくしてその動きを止めた。

荒れ地には数多くの魔物がおり、次から次へと襲いかかってくる。それを確実に仕留めるのが楽しかった。

「ねえ！　スターライト王国の魔物って、こんなに数がいるの⁉」

ライオンに似た魔物を氷弓で仕留めながら、アレクサンダー王子に聞く。彼も槍を振り回しながら答えた。

「ああ、そうだ。最近とみに増えた。倒しても倒してもどこからともなく湧《わ》いてくる！」

「リリステリアもそれは同じだけど、それにしても多すぎない？」

無限に湧いて出てくるかのように思える魔物にうんざりする。だが、鍛錬とは違う、相手を確実に仕留める戦いは面白い。

決まった型を練習したり、クラスメイトと手合わせしたりするのも悪くないのだけれど、本気の殺気を込めて戦えるのは、日頃の鬱憤を晴らせるようで心が躍る。

クラスメイトたちも、皆、それなりに戦える人たちばかりだから、心配する必要がないのもよかった。

ひたすら魔物を倒し続けていると、溜まっていたストレスがすーっと消えていく。

――私、ずいぶんとストレスが溜まっていたのね。

望む強さに至れないことが、よほど辛かったのだろう。どうしようという気持ちが大きくなり、知らぬ間に己を追い詰めていた。

「楽しかったわ」

ある程度、魔物を狩ったところで、引率の教師からストップが掛かった。

授業としては十分ということだろう。

物足りない気持ちもあったが、延々魔物を倒しているわけにもいかない。

アレクサンダー王子が満足そうに言った。

「これだけ倒しておけば、一週間は持つだろう」

「え、一週間？　それだけしか持たないの？」

驚いた。

リリステリアなら、向こう半年くらいは放っておけるくらいは倒したと思ったのに。

ギョッとする私に、アレクサンダー王子は眉を寄せながら言う。

「増えていると言っただろう。ちなみにここだけではないぞ。もっと危険な魔物が出る場所もある。そこは正規の兵士が定期的に討伐に行っているが、正直、人数は追いついていないいな」

「……そう、なの」

「せめて今日の場所だけでも、定期的に学園の生徒を派遣させたいくらいだ」

声音は真剣で、アレクサンダー王子が本気で言っているのが分かる。

それだけ魔物の数が多いのだろう。リリステリアよりも酷い惨状だ。

「……私で良ければ手伝うけど」

思わず告げる。周囲にいたクラスメイトたちも口々に言った。

「私たちも出られます」

「協力します」

「今日くらいのなら僕たちでも倒せますし」

実情を知ってしまったからの言葉だ。アレクサンダー王子も頷いた。

「助かる。学園には後日、国から正式に話を通す。その際は是非協力してもらいたい。おそらく単位扱いにできると思う」

単位扱いにできるということは、授業として認めてもらえるのと同義。

授業なら、カーネリアンも駄目だとは言わないだろう。

私も参加することができる。

ホッとしていると、クラスメイトのひとり——小柄な女生徒が「あの」と話し掛けてきた。

「何かしら」

「フローライト様は戦いがお好きなのですか？」

「え……」

何を聞かれたのかと目を瞬かせる。

「先ほどのフローライト様、すごく楽しそうにしていらっしゃったので。その……フローライト様が強くなろうと一生懸命なのは、ご婚約者のカーネリアン殿下のためなのでしょう？　てっきり私は、フローライト様は、本当は戦いなどしたくないのに、カーネリアン殿下のために己を殺して頑張っていらっしゃるものだとばかり」

「え、違うわよ」

「え……」

女生徒が目を丸くする。そんな彼女に言った。

「最初は確かにそうだったかもしれない。カーネリアンに代わって強くなると決めた時、私はまだ小さかったし、自分が戦えるのかも分からなかったから。でも、今は違うわ」

「……」

「思った以上に、性に合っていたの。私は強くなるのが楽しいし、こうやって頑張っている自分が好きだと断言できる。この道を選んで良かったと思っているわ。カーネリアンは関係ない」

「関係ない……んですか」

「ええ。今、強くなる必要がないと言われても、私は強くなることをやめないもの」

肩を竦める。

彼女に言ったことは全部私の本音だ。

最初は確かに怖かった。でも、今は違う。自分で望んでここに立っている。

「強くならなきゃって思っているのは本当。まだまだ足りないと思っているのも。でもそのためにする努力を私は嫌だと思っていないの」

「こいつは間違いなく戦闘狂だぞ。戦っているうちにテンションが上がるとバーサーカーになる」

アレクサンダー王子が余計なことを言う。

「ちょっと」

「嘘は吐いていない。実際、俺もそれでやられたからな」

「……」

アレクサンダー王子を睨んでいると、女生徒が「でも」と言った。

「でも、きっかけはカーネリアン殿下なんですよね？」

「？　ええ、そうよ。彼に戦って欲しくなかったから」

「それ、いつの時なんです？」

「ええっと……十歳くらいだったかしら」

記憶が戻った時のことを思い出しながら告げると、女生徒は目を丸くした。

「十歳……そんな子供の頃から？」

「ええ」

「カーネリアン殿下のために？」

「何かおかしいかしら」

「……」

女生徒だけでなく、他のクラスメイトたちも私を凝視している。

首を傾げると、アレクサンダー王子が笑った。

「だから言っただろう。こいつは徹頭徹尾、カーネリアンのことしか考えていない女だと。それは昔からで、今も変わらん」

「否定はしないけど、酷い言い方ね」

ムッとする。もう少し別の言い方はなかったものか。

眉を上げる私を無視し、アレクサンダー王子が皆に言う。

「だから何を考えているか分からない、ストイックすぎて怖いなどと考えなくても大丈夫だ。普通に話し掛ければ良い。こいつはカーネリアンのことさえ絡まなければ、そこそこ常識的な女だからな」

「そこそこって何よ!?　私は普通に常識的な女ですけど!?」

さすがにそれは酷くないか。

思わずツッコミを入れると、皆が笑った。

今まではどこか違う柔らかい雰囲気に、怒ろうと思っていた気持ちがおさまっていく。

――ま、良いわ。

アレクサンダー王子が私のために、皆と仲良くできるよう場を整えてくれたのは分かったから。

だから今回だけは、その暴言には目を瞑《つむ》ろうと思った。

「……ありがとう」

「ん？」

アレクサンダー王子が怪訝な顔をする。そんな彼に私は「なんでもないわ」と知らんふりをした。

だってもう一度言うのは、なんだかとても恥ずかしかったので。

だけどクラスメイトたちには聞こえていたみたいで、彼らはにこりと微笑んでくれた。

◇◇◇

入学から数ヶ月経ち、学園生活にもすっかり慣れた。

そんなある日、私とカーネリアンは学食で昼食を済ませたあと、食後の散歩を楽しんでいた。

授業が始まるまでまだ時間はあるし、午後は座学で、カーネリアンのクラスと合同授業なのだ。

一緒に教室へ向かえばいい。

楽しく話しながら歩いていると、他の生徒たちとすれ違う。

「フローライト様」

「あら」

声を掛けてきたのは魔体科のクラスメイトたちだ。

男女の二人組。女性の方が笑顔で話し掛けてくる。

確か、エリーゼという名前だった。魔物退治の時にも話した子で、それ以来、ちょくちょく会話を交わしている。

「カーネリアン殿下とご一緒ですか？　相変わらず仲が良いですね」

「そうなの。午後は彼と一緒に授業を受けるつもりよ」

「そうなんですか。あ、では私はこれで失礼しますね。また午後の授業で」

「ええ」

軽く会話をし、手を振って別れる。

黙って見ていたカーネリアンが感心したように言った。

「クラスメイトと仲が良いんだね」

「ええ」

彼の言葉に頷く。

認めたくはないが、アレクサンダー王子のおかげで、以前とは違い、皆わりと気さくに話し掛けてくれるようになったのだ。

お陰でクラスの雰囲気は良く、それなりに毎日が楽しい。

更には、日々を楽しいと思えるようになったことで、以前感じていた『強くなれない』という思いも大分薄まってきた。

「毎日楽しく過ごしているわ。そういえば、カーネリアン。あなたは？　あまりクラスメイトと話しているところを見ないけど……」

カーネリアンを窺う。彼は人当たりも良いし、きっと大人気なのではないだろうか。

だから私といる時は、皆が遠慮をしている……あたりが妥当かなと思っていた。

だが、彼から返ってきたのは意外な答えだった。

「うーん、今のところは特に親しい相手とかいないかな。ま、別に困っていないし気にしていないんだけどね」

「そうなの？」

「うん。私もそれなりに忙しいしね。でもそれは君もだろう？　だから驚いたんだ。いつの間に皆と仲良くなったんだろうって」

「二学年上にアレクサンダー殿下がいらっしゃるのが大きいのよ。人望があるのね。お陰で私も助かっているわ」

間違いなく、私がクラスに馴染めたのは彼のお陰だ。それについてはとても感謝しているので、声も自然と褒めるような声音になる。

「……そういえば、君は兄上のパートナーだったよね」

ジトッとした目で見られる。思わずさっと目を逸らした。

「し、仕方ないじゃない。カーネリアンとは学科が違うし、私とまともにペアを組めるのはアレクサンダー殿下しかいないというか。カーネリアンも納得してくれたと思ったけど？」

皆とは仲良くなったが、実力差というものはある。私と組めるのは今のところアレクサンダー王子だけで、それは覆しようのない事実だ。

「納得はしたけど、嫌な気持ちになるのは仕方なくない？」

「……ねえ、それ嫉妬よね？　私とアレクサンダー殿下のどっちに嫉妬してるの？」

一度聞いてみたかったので、ちょうどいいと思い、尋ねてみる。

カーネリアンからは呆れた目を向けられた。

「兄上に嫉妬しているに決まっているじゃないか。どうして君に嫉妬しないといけないの」

「えっ……だって、カーネリアンってアレクサンダー殿下のこと、好きでしょう？」

「それはそうだけど。でも、君を奪う、なんて話になったらいくら兄上でも許さないよ。フローライトは私の婚約者なんだ。兄上にだって譲れない」

「アレクサンダー殿下は私のことを友人と思ってくださっているだけだから、カーネリアンが気にするようなことは何もないのに」

パートナーとして共に戦っていれば、自然と友情も芽生える。

それにアレクサンダー王子が良い人であることは、前回の魔物狩りの授業の件だけでも明らかだ。

あれ以来、アレクサンダー王子とは急速に仲良くなったが、それも当たり前だと思う。

「アレクサンダー殿下は良き友人。それ以上でもそれ以下でもないわ」

「……本当に？　信じていいの？」

「もちろん。私が好きなのはカーネリアンだけよ」

キッパリと告げる。即答したのが良かったのか、カーネリアンは「そっか」と言ってホッとしたように笑った。

それで一応は納得してくれたのか、話題が変わる。来週の学食には珍しいデザートが出るみたいだという話になったところで、カーネリアンが「あ」と声を上げた。

「そうだ、フローライト」

「何？」

首を傾げ彼を見ると、カーネリアンは私にだけ聞こえるくらいの小声で言った。

「聞こう聞こうと思ってたんだ。ね、あの話、いつにする？」

「？　あの話って？」

指示語で言われても分からない。

本気で思い当たらず首を傾げていると、カーネリアンが妖しく笑った。

「もう忘れちゃったの？　私はずっと楽しみにしていたし、いつ話そうかなって機会を窺っていたんだけど」

「？？」

「フローライトをちょうだいって話」

「っ！」

一瞬で顔は赤くなったし、何の話か思い出した。

カーネリアンが言っているのは、セレスタイト学園の入学試験を受けると決まった時のことだ。

あの時私は無事入学できたら彼と――そういう関係になろう的な話をした。

試験に合格してからも色々あったし、入学したあとも学園に慣れるのに必死でそこまで思い至れてなかったが、確かにそろそろタイミングとしてはいいのかもしれない。

「わ、私はいい、けど……その……いつにする？」

顔を赤くしたままカーネリアンを見る。

素直に了承を返したことに彼は驚いたようだった。

「え……良いの？」

「ん？　そういう話だったでしょ」

「いや、それはそうだけど……てっきりもう少し待ってほしいとでも言われるかなって思っていたから意外だった」

言いながらカーネリアンもジワジワと顔を赤くしていく。

その表情は目尻が下がっているし、口元が緩んでいて、いつものキリッとしたカーネリアンとは別人のようだ。

どうやら相当喜んでくれているらしい。この反応が見られただけでも私としてはＯＫを出した意味があると思える。

「約束したもの。入学してバタバタしていたけど、落ち着いてきたし、その……私はいつでも……」

さすがに目を見て言うのは恥ずかしかったので彼からそっと目を逸らす。

幸いにも同じ屋敷で暮らしているので、どこで、とかそういう問題は気にしなくて良いのが助かった。

カーネリアンも動揺したように「ええと……」と何度も言っていたが、やがて唾《つば》を呑み込み、気持ちを落ち着かせるように息を吐いた。

「……フローライト」

「はい」

なんとなく立ち止まり、かしこまった返事をする。カーネリアンも同じように足を止め、小さく、だけど私にだけは聞こえるように言った。

「その……君がいいって言ってくれるのなら、三ヶ月後の私の誕生日とか……どう、かな」

「っ！」

カーネリアンから告げられた言葉に息を呑んだ。

三ヶ月後の誕生日。

それは彼が十八歳になる日で、前回の生でも私が彼に処女を捧げた日であった。

偶然の一致と分かっていても、ドキッとする。

カーネリアンが顔を赤くしたまま言う。

「そ、その……誕生日プレゼントに君が欲しいなって。せっかくなら何でもない日なんかじゃなく、記憶に残りやすい日を選びたいって思っていたから。その……私たちの初めての日なんだし」

「そ、そうよね。お、思い出に残りやすい日が、い、いいわよね」

私まで釣られて更に赤くなってしまった。

だってカーネリアンが初めての日、なんて言うから。

彼の言葉は間違ってはいないが、そんなことを言われれば、前回の初めての時のことまで思い出してしまうし、今度はどうなるのかな、なんて考えてしまう。

「わ、分かったわ。そ、その……カーネリアンの誕生日。わ、私、その、準備とか……ちゃんとしておくから」

「う、うん……」

ふたり顔を赤くしたままもじもじとしてしまう。

カーネリアンとは十歳の頃からの付き合いで、恋人としてずっと一緒に過ごしてきたのに、まるで付き合いたての恋人たちのようにドキドキした。

ふと顔を上げる。カーネリアンと偶然目が合い――ふたり、同時に笑み崩れる。

カーネリアンが言った。

「すごく嬉しいよ。……ずっと君のこと、欲しいと思っていたから」

冗談ではなく更に体温が上がった気がした。

だけどそれは私も同じなのだ。

私だって彼が欲しかった。直接肌に触れて、彼が生きているのだと実感したかったのだ。

口づけだけでは物足りない。

もっと深い場所まで触れて、心底安心したかった。

その行為を知っているからこその物足りなさに、私はずっと飢えていたのだ。

だから、カーネリアンに求められて嬉しい。嬉しいし、その日を素直に楽しみだと思える。

「カーネリアン、大好き」

「フローライト、私もだよ」

優しい言葉が返ってきて、比喩ではなく本当に心が震えた気がした。

カーネリアンが手を差し出して来る。その手を握ると、幸せだなあという気持ちになった。

「ふふ……」

止めていた足を動かし、再び歩き始める。

カーネリアンの誕生日が終われば、いよいよ魔王襲来も間近だ。

絶対に、今の幸せを崩させたりしない。

未来の自分のためにも、頑張らなくては。

普段にも増して気合いを入れる。

間に合わないかもなんて泣き言を言っている暇はない。

少しでも強くなるべく努力を重ねるのだ。

——よし、頑張るわよ。

「あの——」

歩きながら気合いを入れていると、後ろから声を掛けられた。

男の人の声だ。無視するわけにもいかないので、立ち止まって振り返る。

そこに立っていたのは、同じ魔体科の生徒だった。

名前はジュリー・ロンドベル。

私と同じで彼も、この学園に通うため、外国から留学してきている。

出身は、スターライト王国の北にあるマリーウェル王国。

侯爵家の跡取りで、確か得意武器は斧《おの》だった。バトルアックスと呼ばれる大きな斧を自由自在に操るのだけれど、これがなかなか格好良い。

魔物を一刀両断する様を何度か見たが、素直にすごいと思ったことを覚えている。

「何？　何か用？」

私もクラスメイトをちゃんと覚えられるようになったなと思いながら返事をする。だが、何故か彼はカーネリアンを見ていた。

「？」

「……カーネリアン殿下」

「何かな」

名前を呼ばれたカーネリアンがにこりと笑う。そんな彼にジュリーは言った。

「あなたに、折り入ってお話があるのですが」

「うん、いいよ。聞こう」

チラリとジュリーが私を見る。

多分、外してほしいという意味なのだと分かったが、なんとなく嫌な予感がした私はにっこりと笑って言った。

「嫌。カーネリアンに話があるのなら、今、ここで言って。スターライト王家の関係者以外には聞かせられないとかなら離れるけど、あなたはスターライト人ではないし、マリーウェルの王室関係者でもないもの。そういう重要案件ってことではないのよね？」

「っ！　そ、それは違いますけど……」

動揺する様子を見れば、ますます怪しいと思ってしまう。

これは絶対に離れるべきではないと確信した私はカーネリアンにも話を振った。

「そう。じゃあ問題ないわよね。カーネリアン、あなたも別に私が同席しても構わないわよね？　もちろんあなたたちの話の邪魔はしないわ」

「いいよ。君がそうしたいのなら」

「ありがとう。……で？　話って何なのかしら」

じっとジュリーを見つめる。

ジュリーは何とも言えない複雑な顔をしていたが、やがて腹を括《くく》ったのか、真っ直ぐにカーネリアンを見て言った。

「……あなたが、フローライト様の婚約者であるということは聞いています。それと、戦いを忌避《きひ》する方だということも」

「……それで？」

カーネリアンが微笑みながら続きを促す。

ジュリーはキッとカーネリアンを睨《にら》み付けながら言った。

「フローライト様はとてもお強い方です。僕は彼女ほど強い女性を見たことがない。彼女の強さには憧れを抱いていますし、常に上を目指す貪欲さを尊敬してもいます」

「……」

色々言いたいことはあったが、黙って話を聞く。

ふたりの会話に口出しするつもりはないと言ったのは本心だったからだ。

カーネリアンが鷹揚《おうよう》に頷く。

「そうだね。私もフローライトの強さを眩しく思っているし、彼女を格好良い女性だと尊敬しているよ。それで？　君は何を言いたいのかな。前置きは良いから、さっさと話してくれる？　フローライトとの大事な時間を意味もなく削られたくないんだ」

「っ！」

カーネリアンの言葉に、ジュリーが顔を真っ赤にする。勢いよく叫んだ。

「はっきり言わなければ分かりませんか！　あなたはフローライト様に相応しくないと言っているんです！　彼女のような強者には、同じく強者が似合う！　たとえば……そう、あなたの兄君のアレクサンダー殿下とか！　あなたのような弱者にフローライト様は勿体《もったい》ない！　今すぐ婚約を解消して、彼女を自由にして差し上げるべきです‼」

「は？」

カッと頭に血が上った。

同席するだけ。邪魔はしないでおこうと思っていた気持ちが完全に吹き飛んでいた。

カーネリアンが何か言う前に、勝手に身体が動く。

氷の弓を召喚し、流れるような動きでジュリーの額を矢で狙った。

彼に武器を向けることを、一瞬も迷わなかった。

——だって、彼は今、私の大切なカーネリアンを馬鹿にしたから。

しんしんとした怒りが腹の中に降り積もっていくのを感じながら私は彼に問いかけた。

「——あなたが、カーネリアンの何を知っているというの」

「っ！」

「答えなさい。あなたが、私のカーネリアンの、何を知っているというのかしら？」

矢を向けられたジュリーが目を見開く。彼の暴言がどうしても許せなかった。

彼が私に相応《ふさわ》しくない？

そんなことあるわけないし、もしあるとしたら逆に決まっている。

私が、私こそが優しく、有能すぎる彼に相応しくないのだ。

私の冷えた声にジュリーが声を震わせる。

「な、何も……で、でもぼ、僕は……あなたにはもっと素晴らしい方がお似合いだと……そう、思っ……て」

「へえ？　私にとっては、カーネリアンほど素晴らしい人はいないのだけれど。ねえ、私がどれだけカーネリアンのことを好きなのか知っていて、さっきの台詞を言ったのよね？　一体どういう神経をしていれば、そんなことを言えるのか教えてちょうだい」

私がカーネリアンを愛していることは、魔体科の生徒なら誰もが知っていることだ。

私はいつだって彼に対する好意を隠さなかったし、彼のことを聞かれれば、素直な気持ちを答えてきたから。

今目の前にいる彼もそれは知っているはずなのに、どうしてこんな酷いことが言えるのか、本気で疑問だった。

「ち、ちが……僕は……ただ、あなたのためを――」

「ああ、そうだ。念のために言っておくけど、私のために行動した、なんて言わないでよね。見当違いの厚意なんて嬉しくも何ともないから」

「ひっ……」

ジュリーがブルブルと身体を震わせる。

おそらく私は相当恐ろしい顔をしているのだろう。

だが、カーネリアンに「私と別れろ」なんて言う男を許しておけるはずがなかった。

ジュリーが震えながらも口を開く。

「わ、分からない。あなたは誰もが認めるほどの強者なのに。どうして戦いもしない、軟弱な第二王子なんかで満足できるんです。彼を愛することができるんです」

「……は？」

カーネリアンを更に貶され、なんとかギリギリ堪えていた怒りが再び吹き上がった。

頭の中が真っ白になる。

これは絶対に許せない。だって私の愛しい人を馬鹿にした。

このまま番えた矢を離して――そう思ったところで静かな声が響いた。

「とりあえず、武器を下げてくれるかな。フローライト」

「……カーネリアン！　でも……」

カーネリアンがそっと私の腕に手を置き、首を左右に振る。

咎《とが》めるような強い視線に、私は渋々弓と矢を消した。

「そう膨《ふく》れないでよ。君が私のために怒ってくれたのは分かっているし、嬉しかったからさ」

「……」

「……なら！」

そのまま打たせてくれても良かったではないか。

私はカーネリアンを侮辱する者を、たとえどんな理由があったとしても許せないのだから。

怒りを抑えきれない私をカーネリアンが、ポンポンと頭を撫で、宥めてくる。

「君の気持ちは嬉しいけど、私は気にしていないから。軟弱王子って、昔から言われ続けて慣れているし、今更なんとも思わない。私はね、君以外の評価なんてどうでも良いんだよ。いや、違う。どうでもよくなった、が正解かな」

「カーネリアン……」

「覚えてる？　君があの日、言ってくれたこと。私は一度だって忘れたことはないよ。あの日、君は言ってくれた。周囲の意見なんかどうでもいい。役割なんかに縛られる方が馬鹿らしいって。そして私の代わりに自分が強くなるって言ってくれたんだ。あの時、私がどれだけ嬉しかったか、どれだけ君の言葉に救われたのか、君は知らないのかな？」

「……」

彼の言う『あの日』がいつなのか、説明されなくても分かる。

私が記憶を取り戻した十歳の時の話だ。

「今の私は、君以外にどう思われようがどうでもいい。君が弱音を吐くしかできなかった私を受け入れてくれたあの日から、君は私にとってどうしようもなく特別で、大切なんだよ。君さえ私の隣にいてくれるのなら、他はどうでも構わないと本心から思えるほどにね」

微笑みながら告げてくるカーネリアンの目は真剣で、彼が本気で言っているのが伝わってくる。

「だから、こんな有象無象に何を言われようが気にならないし、そよ風が吹いたくらいにしか感じない。本当に君が怒るようなことは何もないんだよ」

「……」

「だからね、怒りを鎮めて」

「……」

「私のために怒ってくれる必要はないんだよ。私は何も傷ついてなんていないんだから」

「……カーネリアン」

にこりと微笑まれ、気持ちを落ち着かせるように息を吐き出した。

カーネリアンにここまで言われて、怒っていられるわけがない。

腹立たしい気持ちは未だ腹の奥底に燻《くすぶ》っているが、カーネリアンがもういいと言うのなら、収めなければならなかった。

「……分かったわ。ごめんなさい」

「どうして謝るの。君は何も悪くないのに」

「……冷静ではいられなかったから」

「気にしなくて良いよ。お互い様だと思うし。私だって君のことを言われたら、一瞬でキレる自信しかないから」

真顔で言われたが、彼がキレるというのはあまり想像がつかない。

いつもニコニコしているイメージが強いからだ。

いやでも、兄であるアレクサンダー王子に対しては、わりと怖い顔でキレていたような気もするけど。

「……あ」

カーネリアンと話しているうちに、いつの間にかジュリーの姿が消えていた。

どうやら私が弓を消したあと、逃げたようだ。

「……逃げるくらいなら最初から突っかかってこなければ良いのに」

舌打ちしそうな勢いで言うと、カーネリアンは苦笑した。

「それだけ腹立たしかったんでしょ。強くて格好良い君の隣に私が立っていることが気に入らなかったんだよ」

「は？　むしろカーネリアンの隣に私以外の人がいたら、そっちの方が許せないわよ」

「それは私も同じかな。私の隣には君。君の隣には私がいるべきだからね」

「そうよ」

うん、と大きく頷く。

カーネリアンを見た。私の視線に気づいた彼が「ん？」と首を傾げる。

その様子はいつもとまるで同じで、確かに彼がジュリーの言葉に傷ついていないことが分かった。

「どうしたの？」

「……ううん。何でもない」

カーネリアンが傷ついていないのならいい。

そう思い、いやそうでもないなと思い直した。

――うん、よくはないわね。

ジュリーとは同じ魔体科の生徒なのだ。これから接触する機会はいくらでもあるだろう。

今度カーネリアンのいない時にでもきっちり話をさせてもらわなければ。

カーネリアンは気にしないと言っても、私は私の婚約者を侮られ、馬鹿にされたことを許してはいない。

とりあえず、今度手合わせに当たった時には、手加減なしで徹底的に相手をしてやろうと決めた。

私はわりと根に持つ女なのである。

◇◇◇

「カーネリアン、どこに行ったのかしら」

全ての授業が終わった放課後、私はカーネリアンを探して、校内を歩いていた。

いつもは授業が終わればすぐに迎えに来るのに、現れなかったのだ。

魔法学科の教室を覗《のぞ》き、そこに残っていた生徒から聞いたところによると、どうやら先生に呼び出されて、職員室のある別棟に行ったとか。

それならその別棟まで迎えに行くかと思い、出てきたのだけれど。

職員室へ行ってみれば、すでにカーネリアンは去ったあと。ちょうど入れ違いになったと言われ、仕方なく引き返していた。

どこかでカーネリアンに追いつけると良いのだけれど。

「魔法学科の教室に戻って……ううん、カーネリアンのことだからそのまま魔体科の教室に私を迎えに行きそうな気もする」

どちらが正解か。

どちらも有りそうに思えるので判断が難しい。

悩みながらも、自然と足は魔体科の教室の方へ向いていた。

彼が何よりも私を優先する人だと知っているからだ。

「……と、あ」

少し先に人影が見えた。カーネリアンだ。たとえ後ろ姿であろうとも、彼を見間違えるなんてことするはずがない。

「カーネリ――えっ!?」

声を掛けようとした次の瞬間、彼の死角になる場所から魔法攻撃が放たれたのが見えた。

一体何が起こったのか。

驚きつつも彼に駆け寄ろうとしたが、見えた光景に思わず目を疑った。

「え……?」

カーネリアンは無傷でその場に立っていた。

私には気がついていない様子で、自分に攻撃してきたであろう人物を普段の彼とは別人のような冷たい目で見つめている。

「――せっかく見逃してあげたのに、馬鹿なことをするね」

「っ」

びっくりするほど冷たい声。

こんな声が出せたのかと驚き過ぎて、言葉も出ない。ただその場に立ち尽くしていると、カーネリアンが見ているところから誰かが出てきた。

――あ、あれは。

姿を見せたのは、昼間私たちに喧嘩を売ってきたジュリーだ。

彼はカーネリアンを怒りに燃えた目で睨み付けている。

「……昼間はよくも恥を掻かせてくれましたね」

「勝手に恥を掻いて去っていったのは君だと思うけど。ついでに言うのなら私は君の命の恩人とも言えると思うよ。何せフローライトは本気で怒っていたからね。せっかく拾った命をまたむざむざと捨てにきたんだ。よくやるよね」

全く動じないカーネリアンにジュリーが顔を歪めた。

「先ほど、僕が放った攻撃魔法は……」

「ああ、あれ？　普通に防御魔法で弾いただけだけど。それが何か？」

平然とジュリーに返すカーネリアン。その様子は泰然としていて、ジュリーとの邂逅《かいこう》にも全く動じていないようだ。

そのせいだろうか。今すぐ駆け寄って、彼に声を掛けなければと思うのに、何故か声も出ないし、足も動かなかった。

ただ遠目からふたりを見ていることしかできない。

「……防御魔法。そんなものが使えたのですね」

悔しげに舌打ちするジュリーに、カーネリアンは「そうだよ、意外だった？」と余裕そうな態度を崩さない。

私としては、カーネリアンが防御魔法を使えることはなんら不思議ではなかった。

彼は転移魔法すら使いこなせる人なのだ。

防御魔法は人を傷つけるものではないし、マスターしていたところで、己の身を守るために覚えたのだろうと納得できる。

カーネリアンがゆっくりとジュリーに近づいていく。

「君はどうやら誤解しているようだけど。私はね、己の身も守れないほど弱いつもりはないんだ。彼女に守ってもらうばかりの自分ではありたくない。それではあまりに彼女に申し訳ないし、自分自身が許せないからね。幼い頃、自身に誓ったんだよ。弱いままではいられないって」

ジュリーに近づいて行くカーネリアンにはいつもの彼とは違い、強者のオーラのようなものがあった。それに怖じ気づいたのか、ジュリーが叫ぶ。

「く、来るな。こっちに来るんじゃない！」

「ええ？　私のことを先に攻撃してきたのはそっちのくせにそんなことを言うんだ。君も私と同じ、フローライトに惚れた者同士、仲良くしようよ」

「えっ……」

ジュリーが息を呑む。カーネリアンが薄らと笑った。

「ん？　気づかないとでも思った？　バレバレなんだよ。弱い私を遠ざけて、強者である自分が彼女の隣に行きたいとでも考えたんだろう？　兄上の名前を出していたけど、君が本当は自分こそがフローライトに相応しいって思っていたことくらいは分かるよ。だって顔に書いてあったもの」

「……」

「分かるよ。彼女はとても綺麗だし、強くて格好良いからね。自慢の婚約者だ。……もちろん、誰にも譲るつもりはないけれど」

そう告げ、カーネリアンは気怠《けだる》げにジュリーを見た。

「フローライトは私のものだ。昔も今も私だけのもの。それを邪魔する者は許さないよ。徹底的に排除する」

カーネリアンがジュリーに向かって手を翳す。その手に強い魔力が集まっていくのを感じた。

「えっ……」

濃密な魔力が集まっていく様子に気づいたジュリーがギョッとする。慌てて対抗しようとするも、カーネリアンはジュリーが先に打った魔法を片手で打ち消してしまった。

あまりに簡単に行われた絶技にジュリーが口をあんぐりと開ける。

逆にカーネリアンは非常に不快げだ。

「何、今の。まさかとは思うけど、これでフローライトの隣に立とうなんて考えたの？ ちょっと思い上がりも甚《はなは》だしいんじゃない？ でも、これで私には正当防衛という名目ができたわけだ」

「あ……」

にこりと笑うカーネリアンはとても美しかったが、ジュリーにはどうしようもないほどの恐怖を与えたようだ。

ジュリーはその場にへなへなと座り込み、「あ、あ……」と言葉にならない様子で震え始めた。

それをカーネリアンはつまらなそうに見つめ、告げた。

「本当にどうしてそれで私たちに横やりを入れようなんて考えたのかな。全く、止めてほしいよね」

再び彼の手に魔力が集まっていく。

すでにジュリーは戦意を完全に失っている。それなのにカーネリアンは攻撃を仕掛けるつもりなのだ。

それに気づいた私は、弾かれたようにその場から駆け出した。

今まで動けなかったのが嘘のように、走る。

「駄目！　カーネリアン!!」

「えっ、フローライト」

「それを打っては駄目!!」

今にも弾けそうだった魔法をカーネリアンが消す。その動きはスムーズで、彼が魔法の扱いに長けていることが分かった。

どうしてカーネリアンが攻撃魔法の扱いに慣れているのか。

どうして人を傷つけることが苦手なカーネリアンがジュリーに向かって一切の躊躇《ちゅうちょ》なく攻撃を仕掛けようとしたのか、色々と気になるところはあるけれど、とにかくまずは叫んだ。

「何してるのよ、カーネリアン！」

血相を変え、カーネリアンの肩を揺する。

今自分の見た光景が信じられなかった。

普段の彼なら絶対にしないはずの行動。それを見て、完全に混乱している。

「駄目じゃない！　人を攻撃なんてそんな――」

「別に大丈夫だよ。フローライトはちょっと心配性過ぎるんだ」

「心配性って……。駄目、駄目よ。人を傷つけるなんて。あなたは優しい人だもの。そんなことをすれば、傷つくのはあなたなんだからね」

脳裏に蘇るのは、カーネリアンが死に瀕《ひん》した時の姿だ。

弱い自分でごめんと私に謝り、だけど助けることができて良かったと微笑むカーネリアン。あの姿を否応なく思い出し、涙が零れる。

「駄目よ。あなたは攻撃なんてしちゃ駄目。絶対に、絶対に駄目なんだから……」

「フローライト。でも、私は――」

カーネリアンが何か言い返そうとする。私はすぐ近くで腰を抜かしていたジュリーに向かって、鋭く言った。

「あなた、もう行って。ひとつだけ言っておくけど今度カーネリアンに手を出そうとしたら、私やリリステリアが許さないから。二度と私たちの前に現れないでちょうだい！」

「ひっ、あっ……あああああー！」

ジュリーが立ち上がり、逃げ出していく。それを見送り、息を吐いた。

きっとあのままなら、ジュリーはカーネリアンの魔法の餌食になったはずだ。

至近距離だったし、そもそも腕が違い過ぎる。

彼が自力で逃げられたとは、とてもではないが思えなかった。

「カーネリアン」

さっきのは一体なんだったのか。説明を求めようと彼を見る。その時だった。

「――見つけたぞ。吾輩の贄《にえ》」

「え――」

寒気のようなものが全身に走る。

低く悍ましい声に、鳥肌が立ったのが見なくても分かった。

だけど私はこの声を知っている。

昔、嫌というほど聞いた。

リリステリアの自室にいた私の目の前に突如《とつじょ》として現れ、兵士たちを殺し、私を攫っていった憎き魔王の声だ。

「嘘」

ありえない。

魔王の声がするなんて。

だって魔王の復活はもう少しあとのはずだ。少なくともカーネリアンの十八歳の誕生日は過ぎていた。

まだ、その時ではないはず。

それなのにどうして――。

「吾輩の宿願を叶える贄。お前を貰い受けに来た」

声と共に姿を見せたのは、間違いなく昔、私を攫った『あの』魔王だった。

魔王ヘリオトロープ。

血のような赤い目と、漆黒の髪を持つ、二本の長い角を生やした男が、舌なめずりせんばかりに私たちの前に立っていた――。

第六章　暴かれる秘密

あまりの圧力に冷や汗が流れ落ちる。

私とカーネリアンの前に突如として現れたのは、前回の生で当時十八歳だった私を城から攫っていった男だった。

魔王ヘリオトロープ。

二メートルをこえる身長とこちらを威圧するような逞《たくま》しい体軀。

肌は雪のように真っ白で、歯は尖っている。頭から伸びている二本の角は長く捻《ねじ》れていた。全身黒の、まるで高位貴族のような格好をした魔王は光沢のある黒いマントを羽織り、堂々と私たちの前に立っていた。

「っ……」

久しぶりに見た魔王の姿に、恐怖で全身が震える。

強くなったと思っていたのに、まだまだだったのだと、その姿を見ただけで思い知らされた心地だった。

——勝てない。勝てる気がしない。

魔王を見れば分かる。どこにも勝てる道筋が見つからない。

どう攻撃しても次の瞬間には躱され、捕らわれる。その図しか思い浮かばないのだ。

死に戻ってきてから約七年。必死に努力してきたというのに、その努力を嘲笑われている心地だった。

「……大丈夫？　フローライト」

全く動けない私を、カーネリアンがまるで守るように抱き寄せてくる。その動きにハッとした。

――駄目、何してるの、私！

恐怖に怖じ気づいている場合ではない。

私はカーネリアンを死なせないために今まで頑張ってきたのではなかったか。

それなのにこの体たらく。

これまでの自分を否定するような行動に、己を殴りつけたくなった。

必死に気合いを入れ、彼に応えた。

「大丈夫よ。全然、大丈夫」

「そう？　それならいいけど」

心配そうに私を見つめてくるカーネリアンのどこにも怯《おび》えのようなものは見あたらない。

だが、それを不審に思う余裕もなかった。

とにかく予想よりも早く現れた魔王をどうにかしなければと必死で、そんなところまで考えられなかったのだ。

「フローライト、こいつは……」

「……五百年前に封じられた魔王だと思うわ。文献に書かれてあった特徴と一致するし」

「魔王ヘリオトロープか」

私の言葉で、カーネリアンは目の前に立つ異様な男が誰なのか理解したようだ。さっと表情を引き締める。

逆に魔王は興味深そうな顔になった。

「ほう？　この時代にも吾輩を知る者がいるか。それに吾輩の気にあてられても気絶せず、立っていられるとはな。見事」

にやりと笑う。尖った歯がギラリと光り、背筋に表現しようのない怖気が走った。

彼に囚われていた時のことを嫌でも思い出す。

石造りの古城。そのどこかの一室に閉じ込められ、時が来るまで大人しくしていろと、部下の魔物から食事だけを与えられた日々。

どうやら彼には目的があるようで、乱暴されたりはしなかったが、いつ殺されるかと毎日不安で、カーネリアンが助けに来てくれるまで泣き暮らしていたことを覚えている。

「お前たちも知っているようだが、改めて名乗ろう。吾輩は魔王ヘリオトロープ。つい先ほど、五百年の長きにわたる眠りから目覚めたところだ。――娘、お前を貰い受けるぞ。お前の中に眠るその特殊すぎる魔力。それを吾輩の宿願を果たすために使うのだ」

「っ」

魔王が話すだけでビリビリと空気が震えるような気がする。

今は放課後。教師の誰かがこの状況に気がついて助けに来てはくれないだろうか。

そう考え、すぐに駄目だと思い直した。

だって以前もこの男は、リリステリアの王城にひとり乗り込み、私を攫い、リリステリアの王立騎士団を笑いながら全滅させていったのだ。

そのことを思い出せば、教師が来てくれたところで助けになるはずもなく、むしろ犠牲者が増えるだけになるのは明らかだ。

――駄目、教師は呼べない。

となると、残された手段はやはり私自らの手で、魔王から逃れる。これしかない。

正直、今の私で勝てる気は全くしないが、抵抗しないという選択肢はないのでやるしかなかった。

だって私が攫われたら、前回と同様にカーネリアンが助けに来る。

必要のなかった剣を取り、最強への道を突き進んでしまうのだ。

そうして、また同じように心を壊して死んでしまう。

――ああ、駄目、そんなの認められない。

二度もあの結末を見たくない。

そのためなら、絶望的な戦いだろうと、立ち向かわなければならないのだ。

気持ちを必死に奮い立たせる。だが、まるで場の空気を読んでいないかのように、カーネリアンが口を開いた。

「――へえ、黙って聞いていれば、ずいぶんと面白いことを言うね。先ほどの彼以上の面白さだよ。で、一体誰が、誰を貰い受けに来たって？　聞き間違いでなければ、私のフローライトを貰い受けるなんて聞こえたんだけど」

「カ、カーネリアン……」

まるで煽るような物言いにギョッとする。

彼の服を摑み、必死に言った。

「カーネリアン。あれは魔王よ。怒らせては駄目。なんとか隙を窺って――」

「隙を窺ってどうするの。だってこいつは君を狙っているんだよ？　叩きのめさないと意味はないだろう」

「えっ……」

「下がってて、フローライト。大丈夫。今すぐあの大馬鹿者を片付けてあげるからね」

「えっ、えっ、えっ……」

カーネリアンが私の身体を押し、自らの背中に庇う。

白い制服が風に揺れていた。

彼は今も吐きそうになるほどの重圧を向けてくる魔王に平然と向き合っているどころか、薄く笑みさえ浮かべている。

――なんで？　どうして？

訳が分からない。どうしてカーネリアンは平気でいられるのか。

彼は戦えない人で、魔王と対峙なんてできるはずがないのに――。

――って、今はそんな場合じゃない！　カーネリアンを止めないと。

我に返る。私は恐怖に怖じ気づきそうになる己の心を無理やり奮い立たせ、慌ててカーネリアンの腕を引いた。

「待って、カーネリアン。駄目。あなたに戦わせられない。それは私の役目だから」

「フローライト」

「カーネリアンは戦っては駄目。駄目なの。私……あなたの心が傷つくところを見たくない。だから――」

必死に告げる。カーネリアンが私の頬に手を当てた。その手が優しく頬を撫でていく。

まるで宥めるような手つきだ。

彼は優しく微笑み、口を開いた。

「もう、良いんだよ」

「えっ……」

――何が？

彼が何を言っているのか、分からない。

呆然《ぼうぜん》とカーネリアンを見つめる。彼は優しく微笑んでいた。

「もう、良いんだ。守ってくれなくて。君があの時、私の心を守ってくれようと立ち上がってくれたから、私は今ここにいる。今の私は、剣を振るうことに怯え、怖がるだけの子供じゃない。君を――愛する人を守るために戦いたいと思っているひとりの男だよ」

「っ……」

熱い眼差しに貫かれ、声が出ない。

色々言いたいことがあるのに、喉に詰まって何も言えないのだ。

ただ、どうしようもなく込み上げてくるものがあって、それが涙となり、瞳に溜まっていく。

溜まった涙をカーネリアンが困ったように指で掬い取る。

「泣かないで。君を泣かせたくなんてないんだ。ね、フローライト。お願いだよ。私を信じて。君を愛する男の言葉を信じてくれないかな」

「……」

何も言えないまま、頷いた。

どうして私ではなくカーネリアンが魔王と戦う展開になっているのかさっぱり分からない。

私が、戦わなければならないはずだ。

私が、カーネリアンを守らなければならないはずなのに。

だけど、なぜだか今の彼の言葉を否定してはいけないような気がしたから、首を縦に振ることしかできなかった。

「カー……ネリアン」

「大丈夫。大丈夫だからね。君は何も心配しなくていいから」

キッパリと告げる。

カーネリアンは改めて魔王と向き合った。魔王は面白そうに、私たちを見ている。

「なんだ。もう良いのか」

「待たせたね。でも、大丈夫だ。すぐに決着は付くから」

「そうだな。吾輩がお前を殺し――!?」

魔王の言葉は最後まで紡《つむ》がれることはなかった。目の前にいたカーネリアンの姿がかき消えたからだ。

次の瞬間には、彼はいつの間にか握っていた細いレイピアで、魔王の身体を切り裂いていた。

「えっ……」

何かの間違いかと思った。

だって、全くカーネリアンの動きが見えなかったから。

これでも私は自分が強いという自負がある。同じ魔体科の生徒には私より強い者はいないし、上級生にも教師にだって勝てる。

魔体科で一番強いのは誰かと言われれば、間違いなく私だと自信を持って言えるのだ。

その私が、今のカーネリアンの動きを全く追うことができなかった。

――え、何、今の。

現実とも思えない光景が目の前では広がっている。

カーネリアンが目にも留まらぬ速さで細いレイピアを操っている。魔王も対抗しているが、相手になっていない。

まるで大人と子供ほどの技量の差がそこにはあった。

「……」

魔王の恐ろしい重圧は消えてなんていない。今見ても、彼に勝てるとは到底思えない。

それなのに目の前に広がっている光景は、その魔王をカーネリアンが笑いながら追い詰めているというもので。

「なんだ。魔王なんていうからどれほどのものかと思ったけど、大したことないね」

「くそっ、この……化け物め！」

「化け物って……魔王に言われる筋合いはないけど」

柔らかな言葉とは裏腹に、その剣筋は鋭く正確で容赦なかった。繰り出される攻撃を魔王は必死に凌いでいたが、表情には紛れもなく焦りが滲んでいる。

対するカーネリアンは余裕だ。

ひょいひょいと剣を振るっているだけなのに、その速さは人が繰り出したものとも思えないし、確実に魔王を追い込んでいる。

「くそっ！」

魔王が魔力の弾丸を放つ。凄まじい威力のそれを、カーネリアンは小さな虫でも払いのけるかのように、片手で打ち消した。

「……嘘、でしょ」

驚愕のあまり目を見開く。

前回、リリステリアの王城に魔王が来た時のことを思い出す。私を攫って行く魔王に、騎士団の皆が対抗してくれたが、相手にすらならなかった。

魔王の手のひらから軽く打ち出された魔法で騎士団の半数が倒れ、もう半数も呆気なくやられた。

魔王にはどうやっても勝てないのだというあの絶望感を、今も私は覚えている。

だから魔王に攫われたあと、カーネリアンが来てくれた時、嬉しかったのと同時に、どうやってあの魔王を倒したのだろうとずっと不思議だったのだけれど。

あれだけ強かった魔王をカーネリアンは倒したと言った。だけど私の目に映るカーネリアンは今までと何も変わっていなくて、どこか別の世界の言葉を聞いたような気持ちになっていた。

彼が魔王を倒したというのは本当なのだろう。だけどこの細腕でどうやって。

その疑問が、今になって解消された心地だった。

——強い。

強いという言葉がチープに感じるほどカーネリアンは強かった。

あのどうしようもなく遠く思えていたはずの魔王が手も足も出ない。打ち出す魔法全てを掻き消され、大剣で攻撃すれば軽くいなされ、凄まじいまでの実力差を見せつけられている。

どう考えたって、あり得ない光景だ。魔王が軽くあしらわれているなんて。

だが、目の前に繰り広げられているのは、そのあり得ない光景で。

「——うん。そろそろおしまいにしようか」

魔王から少し距離を取ったカーネリアンが、ゆっくりとレイピアを構える。

慌てて魔王も己の武器を構えたが、その行動は無意味だった。

何故なら彼にはカーネリアンの動きが全く見えていないから。光の如き速度でカーネリアンが魔王に向かっていく。

私にも見えなかったが、その剣は確実に魔王の心臓を捉えていたようだ。

「がはっ……！」

気づいた時にはカーネリアンの持つレイピアが魔王の心臓を貫いていた。

魔王が黒い血を口から吐き出す。

カーネリアンがレイピアを引き抜くと、胸からも大量の血が噴き出した。

「がっ……あっ……あっ……」

魔王がよろけながら地面に膝《ひざ》をつく。大剣を放り出し、何度も血を吐き出した。すでにその身からは脅威を感じない。今の私でも倒せる程度の力しか残っていないようだ。

「――これで、終わりかな」

カーネリアンがレイピアを振り、刃についた血を払う。

白い制服を着た彼に、細身のレイピアはよく似合っており、こんな時だというのに格好良いなと思ってしまった。

レイピアが消える。

どうやら彼の武器も私の氷弓と同じで、自己の魔力で生成するタイプのもののようだ。

「フローライト！」

カーネリアンが振り向き、私の方へと駆けてくる。そうしてその場で立ち尽くすことしかできない私を抱きしめた。

「大丈夫？　怖くなかった？　もう魔王は倒したからね」

すりすりと頰を擦りつけてくるいつもと全く同じ調子の彼に、どうしようもなく戸惑ってしまう。

「えっ、あの……カーネリアン……」

「何？　もう、私のフローライトを狙《ねら》おうだなんて言語道断だよね」

ギュウギュウに抱きしめられる。その力の強さに、ようやくまともな思考回路が戻ってきた私は慌てて彼の腕から抜け出した。今度は逆に、彼の肩を思いきり両手で揺さぶる。

「ち、ちが、そうじゃなくて！　カーネリアン‼　大丈夫なの⁉」

「？　大丈夫って？　……うーん、怪我《けが》はしてないけど」

「そうじゃない‼」

こてんと首を傾げるカーネリアンに、ぶんぶんと首を横に振る。

怪我も気にならないと言えば嘘になるが、やはり私が心配なのは彼の心なのだ。

「人……じゃないけど攻撃なんかして。優しいあなたには耐えられなかったでしょ？　どうしてそんなことしたの……私、カーネリアンが傷つくくらいなら、自分で戦ったのに……！」

「ん？　別に、平気だけど」

「そんなわけないじゃない！」

大声で叫んだ。

私は知っている。倒れたあとの彼が、どうだったのか。

彼は魔物すら殺すことを躊躇うような優しい優しい人だったのだ。それなのに私を助けるために剣を取り、少なくない数の戦いを行い、最後には魔王を倒した。

その中で彼の精神は摩耗《まもう》し、ついには壊れてしまった。

本当は誰も傷つけたくなかった——。

それが彼の願いで、でも彼はそれよりも私を救うことを選んでくれた。

だけどそう決めたからと言って、傷つかないわけじゃない。魔物を倒すたび、彼の心は悲鳴を上げていたのだ。

私を助けたあとに倒れたのは、目標を達成したことで安堵《あんど》し、耐えてきた心の痛みが一気に押し寄せてきたからだろう。

あの時の彼の姿を覚えているだけに、これからのカーネリアンを思うと怖くて仕方なかった。

声が震える。

「どうして……どうしてそんな無茶なことするの……」

カーネリアンが傷つく姿を見たくなかったからこれまで頑張って来たのに、最後の最後でめちゃくちゃになってしまった。

ああ、分かっている。カーネリアンのせいではない。

全部私が弱かったからだ。

私が強ければ、彼を戦わせることなどしなくて済んだのに。

また、同じ失敗を繰り返してしまった。

これだけはと思っていたはずなのに、結局カーネリアンに戦わせてしまうなんて、私は何のために十歳からやり直したのか、こんなの意味がないではないか。

また、カーネリアンは倒れてしまうのだろうか。

また、私を残してひとりで逝《い》ってしまうのだろうか。

想像しただけで身体の震えが止まらない。

「フローライト……」

彼に縋《すが》り、嘆く私を、カーネリアンが宥めるように抱きしめる。

そうして私に言い聞かせるように告げた。

「どうしたの、取り乱して。フローライト。私は大丈夫だよ。確かに君の言う通り、私は戦いが嫌いだったけど、それは過去の話で終わったことだ。今はそんなことは思わないし、魔王を倒したくらいで傷つくような柔《やわ》な神経はしていないよ」

「嘘……そんなわけない」

「嘘じゃないって。……うーん、困ったな」

本気で困ったようにカーネリアンが天を仰ぐ。そうして決意したように私の顔を見た。

「……あのね、もう仕方ないから言ってしまうけど……別にこれが初めての戦いってわけではないんだよ」

「えっ……」

顔を上げる。カーネリアンは本当にもう困り果てたという顔をしていた。

「十歳のあの、君が私の代わりに戦うと宣言してくれた日。あの日、私も言ったよね？　私も逃げるのは止めにするって。私も君を守りたいんだって」

「……ええ」

その時のことは覚えている。

死に戻りに気づいた時で、私は恐ろしい未来を何とかしようと必死だったのだ。

カーネリアンが昔を懐かしむような顔で言う。

「君は嫌がっていたけどやっぱりさ、私としてはこのままではいられないなって思って。一念発起したんだよ。皆には内緒でこっそり剣の訓練を始めた。最初は確かに辛かったけどね。武器を持つことすら拒否反応が出て……でも、私のためにって、内向的だった自分を変えてまで立ち上がってくれた君を思い出せば、負けてはいられない。私も頑張ろうって思えたんだ」

「……なんで……そんなこと……違う……」

呆然と呟く。

そんなこと望んでいなかった。

決してカーネリアンを奮起させるために「代わりに戦う」と言ったわけではない。

私は、彼に戦いとは関係のないところにいて欲しかった。穏やかに、優しい彼のまま過ごしてもらえれば、それで十分だったのに。

カーネリアンを見る。彼は酷く優しい顔で私を見つめていた。

「それでもね、最初は皆に秘密にしていたんだよ。気持ちに変化があったのは、十五歳の、あの、君が父上の即位二十五周年の夜会に来てくれた日、かな。君は皆に侮られている私を見て怒ってくれて、自分たちは歓迎している。いつでも受け入れる準備はあると言ってくれたよね。あれ……自分でもなかなか気づけなかったんだけど実は相当嬉しかったみたいでさ。戦えない私でも君は、君たちの国は歓迎して価値を見出してくれるのかって。そういうの、スターライト王国ではあり得ないことだからすごく新鮮だったし、嬉しかったんだ」

「……」

当時のことを思い出したのか、カーネリアンがしみじみと告げる。

私は泣きそうになりながらも彼に言った。

「そんなの……当たり前よ。カーネリアンはカーネリアンってだけで価値があるんだから」

「うん。ありがとう、フローライト。でも、私はそうは思えなかった。卑屈だと分かっていたんだけどね。なかなかそこから立ち上がれなくて。まあ、それも君のお陰で吹っ切れたんだけど」

「吹っ切れた？」

どういう意味だろう。答えを求めてカーネリアンを見る。

彼は意地悪い顔で口の端を吊り上げていた。

あまり見ることのない表情にそんな場合ではないと分かってはいたが、ドキッとする。

「私には、私自身に価値を見出してくれる人たちがいる。それって私にはすごく心強いことでね。なんだろう。実はそれまでわりと第二王子という立場に気を遣って、目立たないよう、大人しく大人しく振る舞っていたんだけど……まあ、何かあっても貰ってくれるところはあるみたいだし、じゃあもう気を遣わなくてもいいかなって開き直っちゃって」

「え」

「スターライト王国の人たちに何を言われたとしても、私には別に受け入れてもらえる場所がある。そう思うとすごく強い気持ちになれたんだよ。それに、君に言ったでしょう？　君の国に行くその時まで、スターライト王国のためにできる限り尽くしたいって。で、それならばと、今までの特訓の成果はどんなものかと力試しがてら、騎士団の魔物退治に同行することを申し出てみたんだよ」

「え、ええ？　それ、大丈夫だったの⁉」

実戦の場を自身で求めに行ったと聞き、眩暈がしそうになった。こんなこと、前回のカーネリアンなら絶対にしなかったと思う。

唖然としていると、カーネリアンがケロッとした口調で言った。

「うん、それがさ、意外と楽勝だったんだよね」

「……」

「あ、心配しているみたいだから一応言うけど、戦ってショックを受けたとかもなかったよ。昔は誰かに剣を向けること自体考えられなかったんだけど、訓練だけは十歳からしているしね。とっくに腹も括っていたから、どちらかというと、なんだ、こんなものかって感じだったかな」

「……」

なんだろう。

カーネリアンの話を聞けば聞くほど、自分の空回り感が情けなく思えてくる。

何とも言えない顔をしていると、カーネリアンは言った。

「そんな顔しないでよ。私が何でもないことだと思えるようになったのは、間違いなく君のお陰なんだから。君がくれた言葉がなければ、今の私はいない。それは断言できるよ」

小さく頷く。カーネリアンも頷き、話を続けた。

「魔物退治に同行するようになって、そのうち皆に侮られることもなくなった。当然だよね。うちの国は強さに価値を見出すんだから。戦える王子だと分かった途端、面白いくらいに皆の態度が変わったよ。嫌になるよね。普通なら人間不信に陥っても仕方ないと思う。まあ、私はならなかったんだけどさ。だってとっくにスターライト王国の人たちには見切りを付けているんだもの。今更態度が変わったところで、やっぱりそうなるのか、くらいにしか思わない」

すらすらとカーネリアンが語るが、その内容はとんでもない……というか、彼、弱いどころかずいぶんと心が強くなっていないだろうか。

分かっていてもコロリと態度を変えられるというのは気持ちの良い話ではないし、普通は傷つくと思うのだけれど。

だがカーネリアンは笑って言った。

「あんなの全然傷つかないよ。少なくとも君とリリステリアの人たちはそうではないって知っているからね。他に大事なものがあって、そちらが揺るがないのなら、傷つくはずがないでしょう？」

「そんなもの……なの？」

「うん。少なくとも私はそうだよ」

キッパリと言い、カーネリアンが私を見た。

「まあ、そういうことだから、入学試験の時も君を城に招くと言っても断られなかったし、学園の専攻も好きなものを選んで良いと言ってもらえたんだけどね」

「……そうだったのね」

カーネリアンから話を聞き、なるほどなと納得する。

確かに思い出してみれば、入学試験のために城にお邪魔した時、皆のカーネリアンに対する態度が変わっているなと感じていたのだ。

カーネリアンが侮られることがなくなったのなら良かったと、それ以上気にもしていなかったけれど、それは彼が自身の力をすでに示していたかららしい。

そして、私にはもうひとつ気になることがあった。

ここまで来たら聞いてしまおう。そう決め、口を開く。

「ね、ねえ、あの時、あなたは仕事で二、三時間留守にすると言っていたわよね。あの時言っていた仕事って――」

入学試験のためにスターライト王国の王城を訪ねた私を、カーネリアンは部屋まで案内してくれていた。でも、侍従が駆け寄ってきて、例の案件がどうとか言いにきたのだ。カーネリアンはそれを聞き、二、三時間留守にすると言ったのだけれど、もしかしてその仕事とやらも――。

どうなのだろうとカーネリアンに尋ねる。彼はあっさり答えた。

「ああうん。アレね。王都近くに魔物が巣を作っていたらしく、結構な緊急案件だったんだ。先に部下たちに行かせたんだけど、大きいのが巣穴にいるとかで、私が呼び出されたってわけ。彼らだけでは倒せないからさ」

「……そう」

なんだか今まで不可解だなと思っていた謎が次々と解き明かされていく心地だ。

私が知らない間にカーネリアンはすっかり強くなっていて、自身の力で居場所を作り上げていたなんて考えもしなかった。

ただ、彼を守らなければと盲目的に思い続けてきたのに。

「……」

なんとも言えない気持ちになる。カーネリアンが申し訳なさそうに言った。

「……ごめん。君が、私を戦いから遠ざけたいと頑張ってくれていたことは分かっていた。でも、どうしても何かせずにはいられなかったんだ。私のためにと立ち上がってくれた君を私だって守りたい。好きな人を自分の手で守りたかったんだ。そのためなら剣だって取るし、強くだってなってみせる。そう思ったから」

「……」

「今まで何度も言おうとしたんだけどね。君は何故かその話になると、異常なまでに頑《かたく》なになる。話をしようにもできなくて……。それに君が私を思い遣《や》ってくれていることは理解していたから強くも出られなくて、結局今まで言えなかったんだ」

「……そう、ね」

小さく頷く。

彼の言うとおり、カーネリアンが何度も「自分も戦う」と私に言ってくれたことも、その度「とんでもない」と私が反対してきたことも紛《まぎ》れもない事実だ。

私は彼を戦わせたくなくて、あの未来に近づきそうなことはさせたくなくて、その話を出されるたびに過剰なほどに反応し、嫌がってきた。

そんな私に、今、話したようなことが言えるだろうか。

言えるわけがない。いや、言わせてもらえないが正解か。

カーネリアンが今まで何も言わなかった……いや、言えなかったのも当然だった。

「ずっと、言おう言おうと機会を窺っていたんだけど」

「……」

黙って首を横に振る。

さすがに怒ろうとは思わなかった。彼が何度も話そうとしていたのは知っているからだ。

私が言わせなかった。ただ、それだけ。

ふうっと息を吐き出す。

記憶を取り戻して八年弱。ある意味今日が一番驚いたし、ショックだったかもしれない。

カーネリアンが剣を取り、しかも心身共に強くなっていたなんて、考えもしなかった。

「……カーネリアン、強くなったのね」

今の彼をしっかりと受け入れ、言葉を紡ぐ。彼は私の目を見て、笑ってくれた。

「ありがとう。うん、君のお陰でね」

「さっきのあなたの攻撃、全然見えなかった。びっくりしたわ」

「速さはある方だからね。それに、魔王に反撃する隙を与えたくなかったんだ。大規模範囲攻撃なんてされた日には、学園がめちゃくちゃになってしまうし」

「そうね」

尤もなことを言い、笑うカーネリアン。その笑みには今まで気づかなかった強さがあった。

私が今まで気づくことのなかった強さ。多分、本当はずっとあったのだろう。だけどきっと気づかないふりをしていたのだと、さすがに分かっていた。

彼の力強い笑みを見て、自然と感じる。

――ああ、彼はもう大丈夫なんだ。

私が守る必要なんてない。そんなことをしなくても彼は自分一人の力で立って、進んでいける。

あの、儚く優しいだけの彼はもういないのだ。

彼の心を壊さないためにはその方が良いのだろうけれど、どこまでも優しい彼を失いたくなかった私には少し寂しいことのように思えた。

「？　どうしたの？」

「なんでもないわ」

「そう？　でも顔色があまり優れないようだから無理はしないようにね」

「……ええ」

「君はすぐ無理をするから心配なんだ」

ありがとうと返事をし、同時に気がついた。

優しい眼差しを向けられていることを。優しく甘い声が、私を案じていることを。

——ああ、そうか。

カーネリアンは何も変わってなどいないのだ。

彼は以前と同じで、今も優しいまま。

私の好きな彼は何も失われていない。強さを身につけても、彼の根本は失われていなかった。

強くなり、魔王の前に立ちはだかったカーネリアン。その根底には何があったのか。

考えなくても答えはすぐに出る。

私のため。彼は私のために強くなってくれたのだ。

それを優しさだと、愛だと言わずに何と呼ぼう。

死に戻る前も今も、いつだって彼は私のために剣を握った。

そんな彼を変わったなんて言えるはずがない。

彼は何も変わってなどいないのだ。

「カーネリアン……」

涙が溢れてくる。彼が何を思いここまで来たのかを考えると胸が熱くなって、どうしようもなく泣きたくなった。

「私……ごめ……ごめんなさい」

いつだって彼は私のために立ち上がってくれた。

私が守った気になっていた今だって、気づけば私は守られていて、こうして情けなくも目を潤ませている。

カーネリアンが私を抱き寄せ、額に口づけてくる。

「どうして謝るの。謝らないといけないのは君にずっと黙っていた私であって、君ではないのに」

「私、私のせいで……カーネリアンを……」

「違うよ。君のせいなんかじゃない。これは私が自分で決めたことだ。それにね、結果的にこうなって良かったんだよ。だって、そのお陰で私は戦うことはただ怖いことではないと分かった。大切な人を守るためにあるものだって知ることができたんだ。ねえ、フローライト。君のお陰だ。全部君のお陰なんだよ。君のお陰で、私はもう、大丈夫なんだ」

優しい言葉が心に響く。ポンポンと背中を優しく叩かれ、涙腺が決壊した。

「うわあああああああああ！　あああああああ！」

カーネリアンに抱きつき、ただひたすら泣き続ける。

怖い日々は終わったのだと、あの恐ろしい未来が現実のものになることはないのだと理解し、全身から力が抜けた。

カーネリアンがそんな私を支えるように抱きしめる。

耳元で熱い吐息と共に囁かれた。

「——今までありがとう。これからは私が君を守るから」

◇◇◇

「う……ううううう」

カーネリアンの胸で思う存分泣いた私は、すっかり赤くなった目元をハンカチで押さえていた。

いくら気が抜けたとはいえ、十七歳にもなって大声で泣くとは格好悪い。

気恥ずかしい思いをしながらも、カーネリアンをチラリと見る。

彼はすぐに私の視線に気づくと「なに、フローライト」と甘くも優しい声で返事をしてくれた。

——うう、格好良い。

ぽぽっと頬が赤くなる。

自覚はなかったがおそらく、今まで私は相当気を張っていたのだろう。もう大丈夫なんだと心底理解した途端、箍《たが》が外れたのか、今まで以上にカーネリアンが格好良く見え始めたのだ。

なんだか、言葉にできないほどの格好良さを感じる。

今までも素敵だなと思っていたし大好きだと思っていたけれど、今はそれ以上の気持ちが私を支配していた。

——どうしよう。カーネリアンが素敵に見えすぎて、困るんだけど。

気のせいか、彼に後光が差しているようにすら思える。

今までの緊張感が取れた反動なのか、気持ちが完全に恋愛モードへ移行しているというか……とにかくカーネリアンが好き！　という気持ちでいっぱいなのだ。

「……好き」

持て余した気持ちを抱えきれず、カーネリアンの服の裾《すそ》を摑み、小さくアピールしてみた。

上目遣いでじっと彼を見る。

何故か彼も目の下辺りを赤くしていた。

「な、何、いきなり。わ、私もフローライトが好きだよ」

「ん……」

嬉しい。

好きな人に好きと言ってもらえるのが嬉しくて嬉しくて堪らない。はにかみながらも頷くと、カーネリアンが「えっ」と戸惑った声を出した。

「な、え？　どうしていきなり、そんなに可愛くなってるの？　い、いや、フローライトが可愛くて綺麗で格好良いのは前からなんだけどでも……え？」

カーネリアンが動揺している。

どうやら私の変化を彼も感じ取っているようだ。とはいえ、今のこのどうしようもなく昂ぶった気持ちは自分でもコントロールできないので、彼には受け止めてもらうしかないのだけれど。

「……」

「え」

ぴたっとカーネリアンにくっつく。なんだかとっても幸せな気持ちになった。

カーネリアンが動揺する気配がダイレクトに伝わってくるも、それすら良い感じに思えてくる。

「……いい加減、吾輩のことを思い出してもらいたい」

「……」

聞こえて来た声に、すん、と昂ぶっていた気持ちが底辺まで下がったのが分かった。

すっかりラブラブだったところに、大いに水を差された心地だ。

声のした方に目を向ける。そこには魔王ヘリオトロープがムスッとした顔をして座っていた。

とはいえ、カーネリアンに手ひどくやられたせいか、あと一撃でももらえば消えるだけ……というか、何もしなくても消えるのは時間の問題という感じにまで弱っているので、全く脅威は感じないのだけれど。

「なんだ、まだいたの。とっくに消えたと思っていたよ。意外としつこいよね」

カーネリアンが先ほどまでの甘ったるい声から一転、凍えるような声で言う。

魔王は何故か胸を張った。消えかけだというのにとても偉そうだ。

「なに、これでも吾輩は魔王だからな。というか、だ。吾輩を倒し、お前はその娘を手に入れたわけだが、お前にも何かやり直したい過去でもあるのか」

「……は？　何のことだ？」

「ん？　その娘の特殊な魔力に気づいていないのか？」

「特殊な魔力……？」

カーネリアンが怪訝な顔をする。

そういえば、以前も魔王はそんなことを言っていた。

私には特殊な魔力があり、だからこそ攫ったのだとか。

何が特殊なのかまでは知らないが、やはり今回の私にもその要素はあったらしい。

眉を寄せるカーネリアンに、魔王は淡々と告げた。

「その娘は『時戻り』の力を持っている。本来は自分のみの時を戻す力だが、とある方法を使えば第三者を願う時へと連れていくことだって可能。……なんだ。本当に知らなかったのか」

「『時戻り』の力……」

思い当たりがありすぎる話に目を見開いた。

今まであまり考えないようにしてきた、私が過去に戻ってきた理由。

それが今、魔王の言った『時戻り』であることは明らかだった。

まさかこのタイミングで、時を遡《さかのぼ》った理由を知ることになるなんて。

カーネリアンも初めて聞いた話にびっくりしているようだ。私たちの反応に気を良くした魔王はペラペラと話し続けている。

「非常に稀少《きしょう》な能力だぞ。数百年にひとりの割合でしか発現しない力だ。時戻りも一度だけしか使えないし——はあ？　娘！　もしかして、すでにその能力を使っているのか!!」

「えっ……」

機嫌良く話していた魔王が私を見て、動きを止める。

信じられないものを見たという顔をしていた。

「時戻りは一度しか使えないのにもう使っているとか！　クソッ！　これでは吾輩の計画は台無しで

はないか！　お前！　いつ、時戻りを使った！」

「えっ、えっ……」

ギロリと睨まれ、思わず怯んだ。そんな私を守るように抱きしめ、カーネリアンが魔王を睨む。

「フローライトを虐めるのなら、今すぐ消すよ。……で？　もう少し詳しい説明をしてくれるかな。もちろん、嫌だ、なんて言わないよね？」

「……うっ」

カーネリアンに見据えられ、魔王が瞳を揺らす。

どうやら相当カーネリアンのことが怖いらしい。

まあ、徹底的に痛めつけられ、消える一歩手前まで追い詰められたのだ。怖いと思うのも仕方ないのかもしれないけれど。

「……その娘から、時戻りの魔法を使った形跡を見つけたのだ。だが、あれは特殊な魔法で発動条件もかなり難しい。しかも使えば後遺症に苛まれる。……娘、酷い頭痛に苦しめられているだろう。場所は……そうだな、左の額辺りだ」

「っ……」

真っ直ぐに告げられ、息を呑んだ。

私が頭痛に苦しめられていることを魔王は知らないはず。

それなのに場所まで正確に言い当てられ、驚いたのだ。

「ど、どうしてそれを……」

「フローライト？　どういうこと？　その時戻りの魔法に心当たりがあるの？」

カーネリアンが問いただしてくる。

言いたくない。だけどさすがに今の状況で黙っているわけにはいかない。

仕方なく私は、小さく頷いた。

カーネリアンが目を見開く。

「そんな……君が、いつ？」

「……」

どこまで話せば良いものか困っていると、魔王が言った。

「時戻りの魔法は他者の魔力を取り込み、自らの魔力と混ぜ合わせて発動させる特殊すぎる魔法だ。魔力を取り込む方法は、体液摂取。見たところお前はまだ処女のようだが――とすると、その先の未来から飛んできたのか？」

「……」

答えなかったが、カーネリアンは私の無言を肯定と捉えたようだ。「未来……」と小さく呟いている。

そうしてハッとしたように言った。

「待って……体液摂取？」

「そうだ。その娘は口づけや性交で体液を摂取することで、相手の魔力を取り込むことができる。そうして自分の魔力と混ぜ合わせ、時戻りを発動させることが可能となるのだ。ちなみに、魔法を発動させるトリガーとなるのも相手との接触だ。魔力を取り込んだ相手に口づけながら『戻りたい』と強く願うことが発動の切っ掛けとなる。娘、思い当たる節はあるだろう？」

「……」

言われなくても、心当たりは十分過ぎるほどあった。

私はカーネリアンと、男女の関係にあった。そして彼が死んだ時、口づけしたことも、過去を後悔したことだって覚えている。

もし私に本当に時戻りなんて魔法が使えるのなら、発動の条件は十分過ぎるほど満たしていたはずだ。

カーネリアンが私を見る。

「……もしかしてだけど、その魔力を取り込んだ相手って私？」

「……ええ」

小さく頷く。

そうして、話した。私がどうして時戻りをすることになったのか。

ここまでくれば隠しきれないと思ったのだ。

彼が死に、その後を追い、気づいた時には十歳になっていたと、これまでのことを全部話し終えると、カーネリアンは「そうか……だから」と納得したように頷いた。

「君が頑なに私を戦いから遠ざけていたのはそのせいだったんだね。ずっと不思議だったんだ。私が戦うと言うと、君は人が変わったように拒絶する。私はいつもどうしてそこまで？　と思っていたんだけど……そうか。未来の私が、君を傷つけていたんだね」

ごめん、と謝られ、私は必死に否定した。

「ち、違う、違うの。あなたは悪くない。全部私が魔王に攫われてしまったからで、あなたは私を助けてくれたもの」

「でも、君を残して死んでしまった。……ごめんね。辛かっただろう。どうか君を置いていった、前の愚かな私を許してはくれないかな」

「っ……！　許す、なんて……」

カーネリアンが謝る必要なんてどこにもない。

私たちの話を聞いていた魔王がクックツと笑う。

彼は自分がもうすぐ消えるという状況にもかかわらず、非常に楽しそうだった。

「これで謎は解けたな。ああ、せっかくだ。ひとつ言っておこうか。時戻りには後遺症があると言っただろう。もう始まっているみたいだが、お前はこれからずっと、酷い後遺症に悩まされることになるぞ。しかもその頻度はどんどん増していく」

「えっ……」

ズキン、と額が痛みを訴えた気がした。

カーネリアンが魔王に聞いた。

「その頭痛、続けばどうなる？」

「さあ。吾輩はそこまでは知らん。だが絶え間なく痛みが続く生活なのは確かだろうな。残念ながら薬が効くようなものでもないし、厳しい未来が待っているのは間違いない。とはいえ、時戻りを使った代償だと思えば安いものだ」

つまらなそうに魔王が言う。

唇を噛みしめた。確かに魔王の言う通りだ。

頭痛程度でカーネリアンの死を回避できたのだと思えば、私が躊躇う理由など何もないし、後悔だってしていない。

私がこの頭痛という代償を今後も払い続ければ、それで済むというのなら安いものだ。

だが、カーネリアンは納得できなかったようで、魔王に詰め寄っていた。

「治療方法は？」

「知らん」

「嘘だな。もし本当にないのなら、お前はこの話を出さなかったはずだ。黙ったままで、私たちが理由も分からないまま苦しむことをよしとしただろう。それをわざわざ告げたということは、何らかの改善方法があるということ。そして、お前がそれを私との交渉材料にしたいと思っているということだ」

「……」

にやり、と魔王が笑った。

逆にカーネリアンの顔からは表情という表情全てがそぎ落とされている。

「言え、魔王。お前は何を望む。何を私から条件として引き出したい」

「……大したことではない。このままだと吾輩はあと一時間もせず消えていく。それが嫌なだけだ。

吾輩の命を助けてくれるのなら、吾輩の知る方法を教える。それが、条件だ」

魔王の赤い瞳がカーネリアンを鋭く捕らえる。

それをカーネリアンは真正面から受け止めた。

「――なるほど。生を望む、だな。良いだろう」

「契約成立か？　当然、この死にかけの身体もどうにかしてくれるのだろうな？」

「もちろん。この私、カーネリアン・スターライトの名において誓おう」

「……承知した」

魔王が頷く。カーネリアンはそんな魔王に己の手のひらを翳した。

「では、始めようか。早いほうが良いだろうからね」

「それはそうだが――一体どうするつもりだ？　吾輩の方に何かする力はもうないぞ」

「そんなこと承知の上だよ。だから、こうするんだ――」

微笑みながらカーネリアンが魔法を放つ。白い光のようなそれは魔王の身体にしゅるしゅると纏わり付いた。

「ん？」

何かがおかしいと、魔王が眉を寄せる。だが、すでに変化は始まっていた。

魔王の身体がみるみるうちに縮んでいく。その姿はあっという間に消え――そして、彼がいたところには新たに小さな黒猫が座っていた。

「えっ……」

思わず声が出た。

突然現れた黒猫は、長い尻尾に長い手足。

瞳は赤く、何故か二本のねじくれた角があった。金色に輝く首輪がついているものの、間違いなくあの魔王が変化したと一発で分かる姿だった。

カーネリアンがしてやったりという顔で魔王だった猫に告げる。

「約束通り命は助けてやったよ。怪我も治しておいた。――さて、魔王ヘリオトロープ。これからお前には私の使い魔として働いてもらうことになる。もちろん覚悟はできているのだろうね？」

「は？　はあああああ⁉　使い魔だと⁉」

自らの変化に気づいた魔王が叫ぶ。まさか猫、しかも使い魔にされるとは思っていなかったのだろう。

必死にカーネリアンから掛けられた魔法を解こうとしているようだが、全て失敗に終わっていた。

「くそっ！　くそっ！　どうして吾輩を猫の姿なんかに‼　しかも使い魔だと？　これは契約違反だぞ！」

「ん？　どこが？　お前の望みは命を助けることと、死にかけの身体をどうにかすることだろう？使い魔として命を助け、使い物にならなかった身体を新しい身体へ変化させた。私は何も契約違反などしていないよ。ああ、ヘリオトロープ。これから私のことは、ご主人様と敬意を込めて呼ぶようにね」

クスリと笑うカーネリアン。

だが、魔王には到底受け入れられる話ではないようで、ギャンギャンとカーネリアンに噛みついている。

「は？　ふざけるな！　誰が人間風情に従うものか！　吾輩を誰だと思っている。魔王ヘリオトロープ様だぞ！　っ！　ぐあああああ！」

突然、魔王が首を押さえて苦しみだした。嵌まっていた金色の首輪が光っている。どうやら首輪が彼の首を締め付けているようだ。

「あ、言い忘れてたけど、あまり反抗的な態度だと、その首輪が締まるから。使い魔がご主人様に逆らうなんて、許せるわけがないからね。でも、私は優しい主人だよ。言うことさえ聞くのなら、きちんと飼ってあげるつもりだから——身の程は弁《わきま》えてよね」

ゾッとするような声で、首輪をはずそうと暴れる魔王にカーネリアンは語りかけた。

その間も首輪は容赦なく魔王を締め付ける。

とうとう諦めたのか、魔王が苦しげに声を上げた。

「わ、分かった！　分かったから！　お前に従う!!　だから……!!」

「うん。物わかりの良い子は嫌いじゃないよ」

パチン、とカーネリアンが指を鳴らす。首輪から光が消えた。魔王は地面に伏せ、苦しそうに喘いでいる。

そんな魔王にカーネリアンは言った。

「それでは、お前は今から私の使い魔だ。名前は——そうだな。ブラッド、と。そう呼ぶことにしよう」

名付けられた魔王が目を丸くしてカーネリアンを見る。

「ブ、ブラッドだと⁉　わ、吾輩に変な名前を付けるんじゃない……！」

「うん？　使い魔に名を与えるのは主人の役目だよ。それに、さすがにヘリオトロープと呼ぶと色々と差し障りがあるからね。それはお前も分かるだろう？」

「……別に、吾輩は構わん。困るのはお前で吾輩ではないからな」

「本当に？　今のお前は私によって力を大幅に制限されているのに？　本当に困らないかな」

ニコニコと笑いながらカーネリアンが言う。確かに今の魔王の強さはそこそこ程度だ。

最悪私でもなんとかできるレベル。

それは魔王自身も自覚していたのだろう。ものすごく嫌そうな顔をしていたが、やがて諦めたように頷いた。

「……承知した」

「うん。――フローライト。ということで、魔王は私の使い魔にしたから。君がこいつの顔も見たくないというようなら、君の前には出さないようにするけど――」

「大丈夫よ。そういう気遣いは要らないわ」

時戻り前には魔王に攫われ、今回も彼に狙われた私を思い遣っての申し出であることは分かっていたが、首を横に振って断った。

私が怖いのは、カーネリアンが壊れてしまうかもしれないということだけで、魔王がどうこうというわけではないのだ。

「君が気にならないなら良いんだけど。――で、ブラッド。早速だけどご主人様の質問に答えてくれるね？　フローライトの後遺症。これを治めるためにはどうすればいい？」

魔王――ブラッドは猫の姿ながらとても嫌そうな顔をしたが、逆らっても意味はないと理解はしているようで渋々口を開いた。

「………………後遺症――いや、中毒症状と言った方が良いか。それが出ている理由は、取り込んだ相手の魔力を使い切ってしまったからだ。それならその魔力を足してやれば良い」

「魔力を足す？」

思わず口を挟んでしまった。赤い目がこちらを見る。

「そうだ。誰の魔力を取り込んだのか分からないのではどうしようもないが、お前はその相手が誰なのか分かっているのだろう？　それならその相手に魔力を補充してもらえば良い」

「……それって、つまりはカーネリアンにってこと？」

こくり、とブラッドが頷く。

カーネリアンがブラッドに確認した。

「魔力の補充って、さっき言っていった体液摂取というアレかな？」

「そうだ。そうすれば一時的にではあるが、中毒症状は治まる。身体が欲しがっているものを与えているのだからな。だが、これは対症療法でしかない」

「というと？」

「なくなればまた頭痛は復活する。つまりお前は半永久的に魔力供給をし続けなければならないということだ」

「……」

カーネリアンが黙り込む。

私はと言えば、なるほどなと得心した気持ちだった。

昔から、それこそ記憶を思い出した十歳の頃から不定期に続いていた頭痛。

それは、不思議とカーネリアンと会ったあとには治まっていることが多かったのだ。

何故か。

ブラッドの話を聞いた今ならその理由も分かる。

キスしていたからだ。

昔から私とカーネリアンは会えば、ほぼ確実にキスをしていた。

それは私が彼のことが好きで、彼も私のことが好きだったから。気持ちが盛り上がった結果、そうなっていただけなのだけれど。

結果として、その行動が私の頭痛を取り払ってくれていたのだ。

症状を治める方法が体液摂取というのなら、もう間違いない。

多分だけど、カーネリアンと定期的にキスしていたから、頭痛もそれほど酷いことにはならず、今まで過ごすことができたのだろう。

自分たちの無意識の行動が結果的に最善の結果を導き出していたとは、全く驚きである。

「……本当みたいだね」

納得したような顔をした私を見たカーネリアンがブラッドに言う。

ブラッドは「当たり前だ！」と叫んだ。

「試してみればすぐに分かるのに、嘘なんて吐くか」

「そう、それは良かった。で？　対症療法は分かったけど、根本的な治療はどうすれば良いのかな」

「知らん」

「ブラッド」

「本当だ！　本当に知らん‼」

カーネリアンに強く名前を呼ばれ、ブラッドが焦ったように言う。

「そもそも、吾輩はその女を使って過去に戻ることを目的としていた！　だから目的を果たせばその女は用済み。治療法など吾輩が知っているはずがないだろう‼」

「……屑《くず》の所業だけれど、話の筋は通っているね。自分の道具として使ったあとは、苦しもうが死のうがどうでもいい、と。うん、非常に魔王らしい意見だ。とっても参考になるよ」

冷たく笑うカーネリアン。逆にブラッドは首をおさえ始めた。

「待て……！　締まってる！　締まっているから‼　本当のことを言ったのに首を絞めるとかどういうことだ！」

「え？　そんなの決まっているだろう。お前が屑だからだよ。私の大事な大事なフローライトを道具とするどころか、捨て置こうとさえ考えていたんだろう？　万死に値するよね」

「悪かった！　悪かったから‼」

助けてくれとばかりにブラッドが叫ぶ。

腹に据えかねた様子のカーネリアンだったが、ようやく多少気が済んだのか、パチンと指を鳴らした。

「——覚えておけ。二度はないよ」

ハアハアと前足を地面につき、ブラッドが震える声で言う。

「こっわ。人間、こっわ」

「ブラッド？」

「何でもない‼」

ヒィっとブラッドが縮み上がる。魔王が相手だというのに、すっかり上下関係ができあがっているようだ。

カーネリアンが私の方を向く。眉を下げて言った。

「ごめんね。何か情報を持っているかなって期待したんだけど」

「ううん。元々期待していなかったし、その、対症療法だけでも分かったから」

打つ手がないと言われないだけでも全然マシだ。

そう言うとカーネリアンはブラッドを放置し、私の方へ来た。手を握る。

「大丈夫だよ、フローライト。私がずっと側にいるから。体液摂取が必要なら、毎日たくさんキスすればいいんだ。簡単な話でしょう？」

「えっ……」

「今までもずっと苦しんできたんでしょう？　ごめんね、気づいてあげられなくて。本当に自分が不甲斐ないよ。君のことならなんでも知っているつもりでいたんだけどな。情けない」

悔しそうに顔を歪め、カーネリアンが言う。慌てて否定した。

「そ、そんなこと……気づかなくて当たり前だし。私が言わなかったんだもの。悪いのは相談しなかった私であって、あなたではないわ」

「でも、ずっと痛みと闘ってきたのは事実なんでしょう？　……フローライト、お願いだよ。今度から頭痛が起きたら必ず私に教えて。二度と黙っているなんて真似《まね》はして欲しくないんだ」

「わ、分かったわ」

真剣な顔で告げられ、頷いた。

「今度から頭痛がしたらカーネリアンに言う」

「うん、そうして。たっぷりキスしてあげるから。いや、やっぱり予防も兼ねて、毎日キスしておいた方が良いよね。フローライトを痛みで苦しめるなんて本意ではないから」

「あ、あの……カーネリアン？」

「どれくらいキスしておけば、フローライトは頭痛に悩まされることがなくなるのかな。そうだ、今度ちゃんと正確なところを調べようか。知っておかないと、あとでフローライトが苦しむ羽目になると思うし、そんなのは嫌だから」

「えっと、ええ、それは私も賛成だけど……」

カーネリアンは真剣に私のことを考えてくれている。それは分かるのだけれど、なんとなく方向性が少しずれだしているような、そんな気がした。

カーネリアンがなんだか少し嬉しそうに言う。

「……不謹慎だって分かっているけど、本音を言えば嬉しいよ。ずっと、もっと君に触れたいなって思っていたから。キスの回数も実は今まで遠慮していたんだ。でも、君が頭痛に苛まれても困るからね。これからは遠慮せず、どんどんキスすることにするよ」

「……遠慮？」

思わず「え？」と思ってしまった。

だってカーネリアンは昔もそうだが今も大概キス魔なのだ。特に今は一緒に暮らしていてふたりきりで過ごすことも多いから、それこそ毎日どこかのタイミングでキスしている。

そういえば、学園に入学してから頭痛は鳴りを潜めていた。最近は、魔王のことばかり考えていて痛まない頭痛のことなんてすっかり忘れていたが、なるほど、カーネリアンと毎日触れ合っていたからだと気づけば納得しかない。

しかし遠慮。

遠慮とはどういう言葉だったかなと思わず考えてしまった。

普段のカーネリアンを見て、遠慮しているようにはとてもではないが見えなかったからだ。

——え、もっとしたかったの？　嘘でしょ。

別に嫌ではないし、少しだけだけどキスすることを義務みたいにさせてしまって申し訳なくなってしまった気持ちがあっただけに、彼の言葉を嬉しくないとは言わないけれど。

これ以上ってどうなるのかなと真面目に考えてしまった。

毎日、今よりもキス。

……なんか、変な気持ちになってしまいそうだ。

彼のキスに蕩《とろ》けて、抱いてほしいと言い出しかねない。

――駄目よ、駄目。カーネリアンとは十八歳の誕生日にって約束してるんだし。

自分からその約束を反故《ほご》にするようなことはしたくない。

なので私はできるだけ真面目な顔を作り、カーネリアンに言った。

「え、ええとね、カーネリアン。心配してくれるのは有り難いんだけど、私、学園に入学してからはほとんど頭痛はなくて――」

だから今のままでも十分だと言いたかったのだが、カーネリアンは語尾にハートが付きそうな声で言った。

「だーめ。これからは飽きるほどキスしようね。――君に飽きるなんて絶対にないけど」

最後の言葉を酷く優しく告げ、彼が私を抱きしめる。

「大好きだよ、フローライト。――君が私のためにしてくれた全てのことを私は絶対に忘れない。君を愛してる。ずっと一緒にいよう。今度は、置いていかないから」

「っ……！」

聞かされた言葉に涙が溢れる。

置いていかない。

それが何より嬉しくて、望んでいた言葉だった。

カーネリアンにしがみ付き、何度も頷く。

「うん、うん――。私を置いていかないで。愛しているの」

二度と彼が冷たくなっていく光景を見たくない。

――死ぬなら一緒に連れて行って。

お願いだから『幸せになって』なんて、できないことを求めないで欲しいのだ。

カーネリアンが顎《あご》に手を掛ける。私は泣き濡れた目を瞑り、宥めるような口づけを受け入れた。

終章　そして始まる新たな生活

あれから少し遅れて、教師たちが焦った様子で走ってきた。

放課後という時間で、何人かは帰っていたみたいだが、それでも残っていた全ての教師が駆けつけた。

来るのが遅れたのは魔王が現れてすぐ、カーネリアンが結界を張っていたかららしい。

魔王を逃がすわけにはいかなかったからと、なんでもないことのように言ったカーネリアンだったが、私や魔王に気づかれないレベルの結界を張りながら、魔王を圧倒していたとか、彼の実力が異次元過ぎて開いた口がふさがらないとはまさにこういうことを言うのだろうなと思った。

そうしてようやく解けた結界の中に教師が突入。彼らが見たのは、魔王を下し、使い魔にしたカーネリアンの姿だったというわけだ。

そもそも魔王ヘリオトロープとは、五百年前、強すぎてどうしようもなく、その当時優秀な魔法師が数十人がかりでなんとか封印したという存在。

それが目覚めたとなれば、間違いなく世界問題となるわけなのだけれど、何か起こる前にカーネリアンが実にあっさり倒してしまったからさあ大変。

カーネリアンは一躍、勇者や、スターライトの最強王子として祭り上げられたが、彼はあまり本意ではないようで、面倒がっていた。

その姿は、前回と違って心が病んでいるようなものではなく、本当にただ面倒臭いだけにしか見えなくて、私は心底ホッとしたのだけれど。

魔王復活と退治。その顚末に後処理と、とにかくあれから忙しく、結局私もカーネリアンも、二週間ほど学園を休むことになってしまった。

そうして今日、二週間ぶりの登校となるのだけれど。

◇◇◇

「……」

少々緊張した面持ちで、自席に腰掛ける。

魔体科のクラス。

二週間ぶりに姿を見せた私に、クラスメイトたちはどう接していいのか分からない様子だった。

あの時のことは、ある程度、皆にも周知されている。

何の目的で復活した魔王が真っ先に学園にやってきたのか。

莫大な魔力を持つ私を利用するため誘拐しようとしたのだと、そんな感じで説明されていた。

時戻りの魔法については私とカーネリアンと――あと、不本意ながらもブラッドとの三人だけの秘密にしている。

最初、先生たちに素直に話そうとした私をカーネリアンが止め、ブラッドも止めておいた方がいいと同意したのだ。

「時戻りは人間にとっては未知の魔法だぞ。それを知られて、今のままの生活を送らせてもらえると本気で思うのか？　王女とはいえ、いや、王女だからこそ利用される可能性がある」

それにはカーネリアンも完全に同意で、絶対に時戻りの話はしないことと固く約束させられた。

「もし、君が利用されるなんてことになったら、私は何をしでかすか分からないよ？」

そう言ったカーネリアンが本気の顔をしていたのが、黙っていることを決めた理由だったのだけど……うん、カーネリアンならやりかねない。

私も彼を愛しているけど、彼も私をとても想ってくれているので、私のためなら色々やらかす可能性は十分過ぎるほどあるのだ。

そうして上手く教師たちの事情聴取を躱したが、後日、スターライト王家からも話を聞きたいと呼ばれているので、そこが一番の難関だろうなと思っている。

何せあそこにはアレクサンダー王子がいるから。彼の目を誤魔化せるか、そこが勝負どころだと察していた。

皆がじっと私を観察している気配を感じ、苦笑する。

魔王に狙われるなんて不幸だったと言えば良いのか、それとも無事で良かったと言えば良いのか。

そんな雰囲気が伝わってくる。

その中にあのカーネリアンに刃向かっていたジュリーの姿はない。

彼はどうやらこの二週間の間に退学手続きを済ませ、自国に帰ってしまったようなのだ。

何があって国に帰るなんてことになったのかは分からないが、今となってはその方が良かったと思う。

だって――。

入り口に目を向ける。タイミング良く、教室の扉が開いた。

入ってきたのは担任のルチル・クォーツ先生だ。

魔体科の担任なだけあり、体術などの指導も受け持っている、筋骨隆々とした先生。

動きは遅いがその一撃は重く、かなりの実力者でもある。

魔物退治の時に引率してくれた先生だ。

そのルチル先生の後ろから、ひとりの男子生徒が入ってくる。更にもう一匹、如何にも不満ですと言わんばかりの黒猫も一緒についてきた。

男子生徒は教壇の前に立つと、ゆっくりと顔を上げる。細い銀細工のような髪がさらりと揺れた。

美しい顔。そこに嵌まるふたつの宝石は青と緑だ。

彼――カーネリアンは教室中を見回すと、口を開いた。

「本日、魔法学科から魔体科に転科してきた、スターライト王国第二王子、カーネリアン・スターライトだ。ここにいるのは使い魔のブラッド。今日からこちらのクラスで学ぶことになった」

挨拶を済ませ、カーネリアンがもう一度、皆を見る。彼は最後に私に目を向けると、にっこりと笑みを浮かべてこう言った。

「――そういうことだから、今日からクラスメイトとしてよろしく。ね、私のフローライト」

――まだ、問題は山積みだ。


時戻りという、珍しすぎる魔法とその後遺症。

しかもその後遺症には、対症療法しかないという厳しい現実。

カーネリアンに使い魔に下された魔王ヘリオトロープ――いや、ブラッドに、最強王子としてとうとう世界中に認知されてしまったカーネリアンとの今後など、悩むことはいくらでも。

だけど、実のところ私はあまり気にしていなかったりする。

だって私たちは相変わらずラブラブで毎日幸せだし、何かあっても彼となら乗り越えられると信じているから。

それにとりあえず、魔王撃退という目標は乗り越えたわけだし。

思っていた方法ではなかったし、結局、カーネリアンは最強王子になってしまったわけだけれど、前回の彼とは違うから。

その時点ですでにハッピーエンドは確約されているのではないかと、ようやく重責から解放された私なんかはそう思ってしまうのである。

君のためならなんでもできる

ずっと彼女を愛している。

たぶん、初めてその目を見た時から。

◇◇◇

私、カーネリアン・スターライトがフローライトと初めて会ったのは、彼女が十歳の時だ。

そこで私は父から彼女を婚約者だと紹介された。

フローライト・リリステリア。

リリステリアの第一王女として生まれた彼女に兄弟はいない。そのため、婿《むこ》を迎える必要があり、その白羽の矢が私に立ったというわけだ。

私の国、スターライト王国には、アレクサンダーという名前の優秀な兄がいて、第二王子である私は必要ない。

それに、私は昔から戦いを忌避《きひ》する傾向があった。

花や鳥、動物など綺麗《きれい》で美しいものが好きで、血が流れる野蛮な行為をどうしても好きになれなかったのだ。

だが、それはスターライト王国においては許されない。

スターライト王国は強者を求める国だ。

私が生きるこの世界は全般的にその傾向が強くあるけれど、特にスターライト王国は強者を良しとする風潮がある。

そんな中、武器を取ることすら嫌がる私は、皆から『軟弱者』として嫌われがちだったたし、だからこそ今回、厄介払い《やっかいばら》も兼ねて、隣国リリステリアへ婿入りなんて話になったのだと理解していた。

――別に、良いけど。

私が戦いを厭《いと》っているのは本当だし、王位に固執もしていない。優秀な兄が国を継ぐことだって当たり前だと思っている。

だから、今回の婚約だって仕方ないことと受け入れていた。

ただひとつ不安なのは、リリステリアの人たちが私で満足してくれるのかということ。

リリステリアだって、男は戦えて強い方が良いという認識の国だから、戦えない私なんて婿に貰っても困るのではないかと、それを心配していた。

だけどそんなくだらない不安は、婚約者として紹介されたフローライトを見て、全部吹き飛んだ。

長い黒髪の、美しい紫色の目をした彼女をひと目見て、恋に落ちてしまったからだ。

――可愛い。

こんな可愛らしい人、初めて見たと思った。

優しい顔立ちをした、おっとりとした女性。惹きつけられたのは何よりも美しい紫《むらさき》色の瞳だ。

彼女が特別可愛いわけではないと分かっている。だけど、私にはフローライトが世界で一番可愛らしい女の子に見えた。

彼女がはにかみながら「初めまして」と言ってくれて、その鈴を転がすような声に、私は更にもう一度恋に落ちた。

フローライトが自分の婚約者であることに心から感謝したし、絶対に彼女と結婚すると心に決めた。

幸いにもフローライトの方も私に好意を持ってくれ、何より有り難いことに、私が戦いを厭うことだって馬鹿にしないでくれた。

「私は優しいあなたが好き」と言ってくれた。それが私は本当に嬉しくて、私たちは婚約者として上々のスタートを切ることができたのだけれど、そんな穏やかな関係は半年ほどで変わってしまった。

リリステリアの城の中庭でいつものようにお茶会をしていた時、突然フローライトが言ったのだ。

「カーネリアン。私、決めたわ」と。

何のことだか分からず戸惑う私に、フローライトは綺麗に笑って告げた。

「カーネリアン。あなたが戦う必要なんてない。私が戦えば良いのよ」

「えっ……」

「あなたが優しい人だって私は知ってる。人を傷つけることなんかできない人だって。だから代わりに私が強くなるわ。あなたが剣を取る必要なんてないくらい、強くなってみせる」

驚きに目を見張る。

確かにその前に、フローライトに「戦うことが好きではないのか」と聞かれ、肯定した。

「私は人を傷つける行為が好きじゃない。今も父上たちは私に剣術や魔法で戦うための指南を付けようとしてくるけどね、どうしても嫌で、逃げ回っているんだ」

と。そしてこうも言った。

このままでは駄目だと分かっているけど、難しいと。

彼女はそんな私を力強く肯定してくれたのだけれど、そのあと少し考え込むような仕草を見せ、先ほどの言葉を告げたのだ。

自分が代わりに戦うのだと。

「フローライト……君……」

彼女を呆然と見つめる。フローライトはそんな私に向かって強く頷いた。

決意を秘めた瞳には、間の抜けた顔をしている私が映っていて、それを見た私は我に返った。

「な、何言ってるの。君だってすごく引っ込み思案の大人しい子じゃないか。そんな君が戦うなんて――」

「大丈夫よ。今までの私とは違うもの。あなたの代わりに私が前に出る。あなたのことは、私が守ってあげるから、戦わなくていい。そのままのカーネリアンでいてくれればいいの」

何が大丈夫なのか。

そんなこと、させられるわけがない。

いくら私が軟弱者でも、好きな女の子を矢面に立たせるような真似できるはずないではないか。

私も許せないが、皆だって許さないだろう。

だが、フローライトは引かなかった。

これまでが嘘みたいに強気に告げる。

「周囲の意見なんてどうでもいいわ。女だって好きな人を守りたいんだから。私なら戦えると思うから戦う。役割なんかに縛られる方が馬鹿らしいわ。私たちは夫婦になるのよ。それならあなたでも私でも、どちらが強くても構わないじゃない」

「……で、でも！」

「それともカーネリアンは、周囲の評価の方が気になるの？　私の言うことは常識外れだって馬鹿にする？」

「しないよ！　するわけない！」

フローライトを馬鹿になどするはずがない。

私は彼女が好きなのだ。最初はひと目惚《ぼ》れから始まった恋だけれど、今では彼女の性格も好ましく思っている。

彼女を呆然と見つめる。フローライトは綺麗に笑った。

「私は、あなたがあなたのままでいてくれる方が大切だわ。誰にも文句は言わせない。誰が何を言おうと構わない。私はあなたを守りたいの」

「っ……！」

十歳とはとても思えない美しい笑みに惹きつけられる。

彼女が本気で言っていることが伝わってきた。

「フローライト」

「大丈夫よ、カーネリアン。私、強くなるから。あなたが強くなる必要なんてないくらいに強く。だからあなたはあなたのままでいて。それが私の望みなの。その願いが叶うなら、戦うくらいなんてことはないわ」

覚悟を決めた表情が酷く眩しい。

なんだか泣きたい気持ちになってきた。

フローライトがどれだけ私のことを想ってくれているのかが彼女の言葉から分かり、胸が張り裂けるように痛かった。

好きだ、と思った。どうしようもなくフローライトのことが愛おしくて、これこそが愛なんだと強く感じた。

きっと今、本当の意味で私は彼女に堕《お》ちたのだ。今までの愛が嘘《うそ》だったわけではないけれど、確実にこれまでより想いは深くなったし、一生彼女だけを愛していけると確信できた。

私にとっての運命の人はフローライトだ。

――絶対、この人を失えない。

涙が出そうになるのを堪《こら》えながら私は言った。

「……君は、どこまでも私を肯定してくれるんだね。己を犠牲《ぎせい》にしてまで……君にそこまで言わせてしまった自分が情けないよ」

「犠牲なんて言い方は止めて。私は私がそうしたいから動くだけ。あなたの犠牲になった覚えはないわ。罪悪感とかそういうのは要らないから」

キッパリと告げるフローライトだが、やはり罪悪感は募る。

弱気なフローライトが己を変えてまで私のために動こうとしているのに、自分はどうなんだという気持ちが強く湧《わ》き上がってきた。

——情けない。

たったひとりと決めた大切な女の子に守ってもらって、それでよしとするのか、私は。

違う意味で泣きそうになる。それを誤魔化《ごまか》すように彼女に言った。

「君、本当にどうしたの。急に大人になったみたいって思ったのもそうだけど、なんだろう。すごく格好良くなってない？　頼もしいし……なんか、惚れてしまいそうなんだけど」

「あら？　惚れてしまいそうって、もうとっくに私のことが好きだったんじゃないの？」

こてんと小首を傾げて尋ねられ、顔が真っ赤になった。

破れかぶれで叫ぶ。

「好きだよ！　そうじゃなくて……今までよりもっと君のことが好きになったって、そう言いたかったんだ！」

「それは嬉しいわ。私もあなたのことが好きだから」

簡単に言い返されてしまい、少し悔しい。

小さく息を吐く。

もう一度考えた。

フローライトは私のために己を変えようとしてくれている。

そんな彼女に頼りきりで本当に構わないのか。それで自分が許せるのかと改めて自問自答をした。

——許せるはずがない。私だってフローライトを愛している。

彼女が私を愛してくれているのと同様、いやそれ以上に私だって彼女のことを想っている。

私にとってフローライトはたったひとりの人。

その人のために、私は何ができるのか。

何を成さねばならないのか、結論はあまりにも簡単だった。

――私も戦わなければ。

血を見るのが怖い、戦うのが怖い、武器を取るのが怖いなんて言っていられない。

彼女に守られるだけなんて嫌だ。

大事なフローライトを自分の手で守りたい。

そのためならば、己の弱い気持ちなど払拭してみせる。

私はゆっくりと口を開き、宣言するように彼女に言った。

「……今の君の話を聞いて、私も決めたよ。逃げるのは止めにしようって。私だって大好きな君を守りたい。君にだけ戦わせるような真似、したくないんだ」

私の言葉を聞いたフローライトが顔色を変える。

「そ、そんなことしなくていいのよ。戦うなんて危険なこと、私、あなたにして欲しくないの。気持ちは嬉しいけど、無理はして欲しくない」

「無理なんかじゃないよ。君が私に示してくれた愛に、私も報いたいんだ。ただ、それだけなんだけど……」

「駄目っ！」

必死に首を横に振る。

フローライトは椅子から立ち上がると、私の側にやってきた。手を握り、瞳を潤ませながら告げてくる。

「お願いだから、無理はしないで。私、あなたに何かあったら生きていけない」

その言葉に、たとえようのないほどの衝撃を受けた。

フローライトがそこまで私を想ってくれていることが堪らなく嬉しかったのだ。

――ああ、君がそう言ってくれるのなら、私はもう何も怖くない。

今なら、どんなものの前にでも立ち向かえる。

私も立ち上がり、彼女に告げる。

「フローライト……私もだよ。私ももう、君のいない人生なんて考えられない」

彼女のためなら、嫌いな武器も手に取ろう。

そう、心に決めた瞬間だった。

◇◇◇

私の決意は本物だったが、それはフローライトには許せないものだったようだ。

私はそれからも何度も彼女に「私も戦うよ」と告げたのだけれど、彼女は「絶対にやめて」と言って聞かなかった。

どうにも彼女は私を戦わせたくないようで、この話題が出ると、頑《かたく》なに拒絶する。

話し合いはいつも平行線。

仕方なく「分かったよ」と告げるのだけれど、もちろん大人しく引き下がる気はなかった。

だって私は決めたのだ。

私のために立ち上がってくれた彼女に相応しい男になるのだと。

そのためには武器を取る必要があり、強くならねばならないと分かっていた。

だから私はこっそり練習を始めることにした。

騎士団の練習場から拝借してきた剣を持ち、見様見真似で振ってみる。

最初は酷い吐き気に襲われた。

己が人を傷つける武器を持っていることに強い拒否感を覚え、十秒も剣を握っていられなかった。

剣を放り出し、荒い呼吸を何度も繰り返す。

無理だと思った。

だけど、そのたびフローライトのことを思い出した。

彼女は有言実行するべく、リリステリアの城で毎日、指南役との戦いに明け暮れている。女の身で辛い練習に食らいつき、必死に強くなっている。

私のために。

それをこの目で見ているだけに、諦めるわけにはいかなかった。

剣を拾い上げる。

フローライトも頑張っているのに、自分だけ逃げられない。

彼女を守ると決めたのは自分だ。絶対に私も彼女に負けないよう強くなるのだと、言い聞かせた。

「フローライト……君を愛してる」

彼女の頑張りに私も応えたい。

その一心で剣を振るった。

幸いにも私には剣の才能があったようで、ひとりで修業をしてもそれなりに強くなったように思えた。

本当はフローライトのように誰かに師事すれば良かったのだろうけど、私はスターライト王国の人たちをあまり良くは思っていない。

そしてスターライト王国の人たちもまた、戦いを厭っていた私を皆、好ましく思っていないのだ。

時には、それが王族に対する態度かと言いたくなる者もいるくらい、私を見下してくる。

それを経験しているだけに誰かに頼ろうとは思えなかったし、修業をしているところを見つかりたくもなかったから、こっそり隠れてひとりで頑張っていた。

ただひとり、兄になら相談しても良かったのだけれど、兄は王太子として毎日忙しくしている。

私は私を弟として愛してくれる兄が好きだったし、尊敬していたから、兄の邪魔になるような真似はしたくなかった。

だから言うのはやめ、ひとりで修業を続けていた。

——別に誰に言わなくても構わないじゃないか。

いざという時にフローライトを守れる強さを身につけられればいい。

その想いが少し変わったのは、十五歳の時だった。

◇◇◇

私が十五歳の時、父の即位二十五周年の祝いが行われた。

その式に、リリステリア代表としてフローライトがやってくることになり、私はとても浮かれていた。

だって、彼女が私の国に来るのは初めてなのだ。

それに正装姿を見るのも初めて。

彼女とダンスをする約束を取り付けたこともあり、私は上機嫌で夜会の日、フローライトを迎えたのだけれど。

「……」

怒っている。

間違いなくフローライトは怒っていた。

国の代表として美しく装った彼女は、それこそ女神と見紛《みまご》うかの如く美しく、私は終始見惚《みと》れっぱなしだったのだけれど、フローライトはそれどころではなかったようだ。

私に対するスターライト王国の人間の態度に酷く立腹し、眉をひそめている。

「……」

「いいよ、今更だ。気にしてない」

「でも」

ムッとする彼女に首を横に振ってみせる。

実際、本当に気にしていないのだ。皆の態度は今更で、ずっと『こう』だったから、何とも思わない。

「元々私は第二王子で、兄上のスペアでしかないからね。兄上が立派に王太子として成長した今となっては、スペアはもう必要ないから、さっさと出ていってくれとでも思われているんじゃないかな」

「……何それ」

「君も知ってるでしょう？　王家も貴族も第二子以降は皆、似たような扱いだよ。それに私は王族だからね。育ってしまった今となっては、城内で下手に勢力を伸ばされても困るし、もはや厄介者でしかないんだ」

事実を淡々と話すと、フローライトは嫌そうな顔をした。

私が話したのは貴族社会の常識で、フローライトだって知っていること。

だけど納得できないのか、口を尖らせている。

「……要らないなら、もうさっさとうちの国にくれればいいのに」

「フローライト？」

今、彼女は何を言ったのか。首を傾げ問いかけると、フローライトは秀麗な眉を寄せながらも私に言った。

「要らないならさっさとリリステリアにくれればいいのにって、そう言ったの。だってうちの国は、皆あなたのことを待っているのに。お転婆姫の私の手綱を握ってくれる人だって、お父様も期待しているわ」

「えっ⁉」

なんだそれは。

思いもよらない話に目を見開く。フローライトはぷんぷんと怒りながら私に言った。

「うちの国では、皆、あなたを待っているのよ。だから、カーネリアンが嫌な思いをするくらいなら、もううちの国に来てしまえばいいのにって思って」

「ええっと……私は君の国で歓迎されてるの？」

まさか、まさかと思いながらも尋ねる。

私は今も独学で剣を学んでいるが、それは誰にも知らせていない。

皆には相変わらず臆病者の軟弱王子として侮《あなど》られていて、多分それはフローライトの国でも同じだと思っていた。

行けば好意的に接してくれるが、内心は頼りない婿でガッカリしているのではないか。そんなふうに思い込んでいたのだ。

もちろんフローライトがそんな考えを持っていないのは分かっている。だからそれで十分だと思っていたのだけれど。

「？　気づかなかった？　わりとあなたが来た時、皆、好意的だったように思うのだけど」

「いや、それは分かっていたけど……ほら、私は君の婚約者だし気を遣ってくれているのかと」

「そんなわけないじゃない。今や、指南役の教師をも倒す、暴れん坊な王女を頼むから何とかしてくれと皆、あなたに期待しまくっているのよ。酷いわよね。自国の王女を捕まえて『暴れん坊』とか『お転婆姫』とか」

肩を竦《すく》め、フローライトがちらっと後ろを見る。

そこには彼女が連れてきた外交官たちがいたが、彼らは揃《そろ》って苦笑していた。

その態度からフローライトが冗談で言っているのではないと理解してしまう。

「そ、そうか……。そうなんだね……お、お転婆姫……」

ふふっと笑うと、彼女は参ったというように告げた。

「ええ。今更あなた以外に貰ってくれる人なんていないだろうから、絶対に逃すなとお父様からは厳命を受けているわ」

「厳命……ふふっ、それは大変だ……」

なんだ。

私は歓迎されているのか。

予想外にもほどがある話に笑いが止まらない。フローライトは憤然としていて、そんな彼女を見ているとどうしようもなく愛しさが込み上げて来た。

「それじゃあ、責任持って君のことを貰わないとね」

「ええ。そうしてもらわなければ困るの。あなたは皆の期待の星なのよ」

「分かった。……なんだろう。君と話していると、真面目《まじめ》に悩んでいた自分が馬鹿らしくなるよ。戦いのこともそうだし、第二王子という立場のことも全部が全部、悩むことなんてなかったかなって思えてくる」

皆から必要とされていない第二王子だと悩んでいたことも、戦いを厭っていたことも、もしかして婚約者の国では歓迎されていないのではないかと思っていたことも、フローライトの手にかかれば、どれもどうでも良いことに感じてくる。

笑っていると、フローライトが明るく私に語りかけてきた。

「それは良かったわ。ね、カーネリアン。優しいあなたには難しいことかもしれないけど、私はね、あなたを大切にしない人たちのためにあなたが傷つく必要なんてないと思うの。私たちリリステリアはあなたを歓迎しているし、むしろあなたが第二王子で良かったと思っているくらいなんだから。だってあなたが第二王子でなかったら、私の婿に貰えなかったもの」

じっと彼女を見つめる。フローライトは何故かドヤ顔で言ってのけた。

「だからむしろありがとうって感じよ。戦いが好きではなくても、そんなことうちの国の人たちは全然気にしないし。もう一日も早く来てほしいって思っているわ」

「そ、そうだね。何せ私は君の手綱を握ることを期待されているのだものね」

「ええ。その一点が最重要ポイントなのよ。……だからね、カーネリアン。お願いだから心ない人たちの言葉に傷つかないで。こうしてあなたを必要としている人がいることを知っていて。私たちはいつだってあなたのことを大切に思っているし、歓迎している。それを忘れないで欲しいの」

酷く優しい声音で言われ、目を見張った。

フローライトは柔らかく笑っている。

彼女が好きだと心から思った。その手を握り、甲に口づける。

「ありがとう、フローライト」

優しい気持ちが嬉しかった。

「……えっと、じゃあもう夜会が終わったら、私と一緒にリリステリアに戻っちゃう？」

フローライトが本気で言ってくれているのは分かったが、私は首を横に振った。

彼女がこう言ってくれているからこそ、今、国を出てはいけないと思うから。

「お誘いは嬉しいけどね。この国に私が今まで育ててもらったことも事実なんだ。だから君の国に貰われる時まで、少しでも何か返せるように頑張ってみるつもりだよ」

「カーネリアン」

悲しそうに名前を呼ばれ、宥《なだ》めるようにその髪を撫《な》でた。

「ねえ、フローライト。私は逃げるだけの男になりたくないんだよ。君が私のために頑張ってくれているのは知っている。でもそれを享受するだけなのは嫌なんだ。君の隣に胸を張って立てる男でありたい。そのために私はこの国でギリギリまで頑張りたいんだ」

「……そんなこと、気にしてくれなくていいのに」

「嫌だよ。私は君に格好良いって思ってもらいたいんだから」

「……もう十分格好良いと思うわ」

彼女が本気で言ってくれているのはよく分かったが、素直には受け取れない。

「私の目標には全然到達していないからね。フローライト、私はね、君にもっと惚れられたいんだ」

「えっ……」

「だって私の好きの方が絶対に大きいからね。私の愛の重さに嫌気が差して逃げられないように、より惚れてもらおうかなと」

彼女が嘘だという顔をする。

だが、事実、そうだと思うのだ。

私のフローライトへの気持ちは日々高まるばかりで、その愛の重さは計り知れない。

だけど彼女は全然そのことに気づかず、今だって、またあっさり私の心を奪っておきながら、意味が分からないという顔をするのだ。

「それ、間違っているわ。絶対に私の方があなたのことを好きだから」

ほら、だからそんなことが言える。

彼女の『好き』を疑うつもりはないけれど、フローライトの方が想いが深いということはないと思う。だから私は彼女に言った。

「そうかなあ。君は私の好きを見誤っている気がするけど」

「そんなことあるはずないじゃない」

ムッと頬を膨らますフローライトが可愛くて、その頬をツンツンと突く。

気づけば心の中は温かいもので満たされていた。

彼女が、彼女の国が私を求めてくれていることが嬉しく、幸せだったのだ。

――ああ、求められるのってこんなにも嬉しいものだったんだな。

自分を歓迎してくれる。受け入れてくれる場所があるのだと言われることが、こんなにも心満たされるものだとは知らなかった。

リリステリアの人たちは、私が戦えることを知らない。

それでも彼女の夫として歓迎してくれる。

何もなくても彼女の夫としての価値を見出してもらえるのだということが本当に嬉しかった。

――そんなこと、あるんだな。

スターライト王国では、あり得ない話だ。

皆、私のことを王族としてすら碌《ろく》に見ていなかった。だから、こんな自分に価値があるなんて思いもしなかった。

どうせ私なんてと心のどこかで思っていた。知らないうちに卑屈になっていたのだ。

その呪縛から解き放たれた心地だった。

――私には受け入れてもらえる場所がある。

そう思えば、もうなんでもできるような気がした。

だって失敗しても、そこへ行けばいいだけなのだから。

だから——私はとある行動を起こしてみる気になったのだ。

◇◇◇

騎士団の団長が疑わしいという顔で私を見る。彼の後ろにいる団員たちも似たような表情をしていた。

「うん」

「……本当に良いんですね？」

今日は、月に二度ある騎士団総出で行う魔物退治の日だ。

ここのところ魔物の数が急激に増加しており、国民の安全を守るため、討伐日が設けられていた。

魔物退治は朝から夕方まで行われる。

放置できない強い魔物を優先的に狩ることが目的で、今日は王都の外れにある森へ向かうと聞いていた。

そんな彼らに私は話しかけ、同行させて欲しいと申し出たのだ。

話を持ちかけたのは騎士団の団長だったが、やはりと言おうか、彼は良い顔をしなかった。

「魔物退治は遊びではありません。危険が伴うものです。失礼ながらカーネリアン殿下は戦いに秀でた方ではないと聞き及んでおります。お怪我《けが》をされたくないのなら、城に残っていただく方が良いのではないかと思いますが」

「怪我をしても君たちのせいにはしない。自己責任だと分かっているよ」

「ですが……」

なかなか頷いて貰えない。

大事な任務にお荷物を連れて行きたくないのだろう。やはりいきなりは無理かと諦めかけたが、魔物退治に同行予定だった兄が「別に構わないだろう」と助け船を出してくれた。

「本人が行きたがっているのだ。連れて行ってやればいい」

「アレクサンダー殿下……ですが」

眉を寄せ、気が進まないという顔をする騎士団長。そんな彼に兄は言った。

「責任は俺が取る。それなら構わないだろう」

「殿下が？　……分かりました。アレクサンダー殿下がそこまでおっしゃるのでしたら……」

不承不承ではあるが、騎士団長は了承の言葉を紡いだ。

同行できることに安堵しつつも兄に礼を言う。

「兄上、ありがとうございます。助かりました」

「構わない。お前も第二王子なのだ。我々がどんなものと戦っているのか一度くらいは見ておく必要はあるし、戦えずとも良い経験となるだろう」

「……はい」

「俺についてこい。馬は乗れるな？」

「はい」

兄の後を追う。兄は己の獲物である槍《やり》を持っていた。

勇ましい軍装に身を包んだ彼はさすが王太子というところだろうか。とても様になっている。

兄のようになりたいと願ったことは一度もないが、兄の在り方を格好良いとは思う。

私のたったひとりの兄。

半分しか血は繋がっていないけれど、それでも彼は間違いなく私の兄で、私は彼を慕っていた。

何せ、兄は戦いを厭っていた私をフローライト同様、一度も否定しなかったから。

「そういう考えの者もいるだろう」と言って受け入れてくれた。他の人たちのように疎んじたり、排斥しようとしたりしなかった。弟として可愛がってくれた。

私が懐くのも当然だろう。

馬に乗ると出発の合図が出された。遅れないよう、兄の後ろに続く。

騎士団の団員たちや兄とは違い、私は胸当てとマントという軽装だったが、それは魔物を侮ったわけではなく、単に私の戦い方に合っているからだ。

あと、初めての実戦で慣れない装備を身につけるのは良くないという判断もあった。

「しかし、一体どういう風の吹き回しだ？」

討伐予定の森まで馬を走らせていると、前にいた兄が馬の速度を落とし、話しかけてきた。

「今まで戦いというだけで忌避していたお前が、討伐について行きたいなどと、槍でも降ってくるのかと思ったぞ」

「……このままではいられないと思ったからです」

気まずい気持ちになりながらも正直に答える。

「フローライトは私のために、しなくていい努力をしてくれています。その彼女に少しでも見合った男になりたいんです。彼女の陰に隠れているだけなんて絶対に嫌だ。だから」

「フローライト王女か。この前の夜会で少し話したが、お前の代わりに強くなるのだと息巻いていたな」

「……フローライトは本当に強いですよ。兄上でも勝てるかどうか」

「ほう？」

兄が、興味が湧いたという顔で私を見る。

「そんなに強いのか。あの王女は」

「ええ。天賦《てんぷ》の才があるのでしょうね。会うたび強く、美しくなっていきますよ」

「それほどの腕前なら、王女の言う通り守ってもらえば良いではないか。お前もその方が楽だろうに」

兄の言うことはその通りではあったが、到底頷《うなず》けるものではなかった。

「兄上、駄目です。それをしてしまったら、私は私を許せなくなってしまう。フローライトの横に立てなくなってしまう。それではいけないのです」

「駄目か」

「はい。私は、彼女の隣に自信を持って立ちたい。だから今日も行こうと思ったのです」

本音を言えば、少し怖い。

何せ実戦は初めてなのだ。

だけど、実戦を経験しなければ、強くはなれないと分かっているから。

「フローライトに情けないところを見せたくないんですよ。それだけです」

「知ってはいたが、お前は本当にフローライト王女が好きなのだな」

呆れたような顔をされたが、むしろ私はにこりと笑って応じた。

「ええ。彼女は私の全てですから。フローライトのためならなんでもできると本気で思えるのです」

「……お前が戦場へ出てきている時点で、嘘だとは思わない。カーネリアン、魔物は弱くない。無理だと思ったら俺に任せて後ろに下がっていろ。分かったな」

「はい、兄上」

私を想ってくれる言葉に了承の返事をする。

だけども私に逃げるという選択肢はなかった。

◇◇◇

結果だけを言えば、私の初陣はあっさりと終わった。

練習と実戦では違う。

魔物と言っても、倒すにはかなりの覚悟がいるだろうと思っていたが、それは良い意味で外れた。

こちらに向かってくる巨体を躱《かわ》し、己の魔力で編み上げたレイピアを刺す。魔物はあっさりと地面に沈んだ。

「お前……」

心配そうに私を見ていた兄が、唖然《あぜん》とした顔で私を見ている。

それは他の騎士団員たちも同じだった。

レイピアを軽く振り、血糊《ちのり》を払う。

驚く彼らを無視し、次の敵へと向かった。

「……」

こちらへ向かってくる魔物の動きを読み、避け、一撃でとどめを刺す。

それは私にとってどこまでも簡単な作業だった。

命を奪うという感覚に苦しむかとも思ったが、それもない。

おそらく、とっくに腹を括《くく》っていたからだろう。

彼女だけに背負わせられないと決心した十歳の時から、いつかこういう時が来ると覚悟していた。

だから平気なのだと思う。

今の私の胸を占めていたのはただひとつ「フローライトに認められたい」という気持ちだけ。

彼女に見合う男になりたい。

彼女に守られるのではなく、守ってやれる男になりたい。

そのために敵の命を奪うこともしなければいけないというのなら、是非もない。

私にとって最も大切なのはフローライトであって、それ以外はどうでもいいのだ。だから、命を奪う感覚も「こんなものか」と思うだけだった。

「カーネリアン……お前、戦えたのか」

兄が槍を振るいながらも驚愕の声を上げる。兄の隣でレイピアを構えながら答えた。

「はい。師はいないので自己流ですが、それなりに鍛錬はしましたので」

「……なるほど。それだけの腕前なら確かに荷物にはならないな。しかし、戦いを厭っていたお前にこんな才能があろうとは……」

信じられないと首を横に振る兄。

騎士団員たちも私が戦えると思っていなかったのだろう。動揺が広がっている。

そのせいか、危うい場面も何度かあったが、なんとか犠牲者を出すことなく討伐任務を終えることができた。

帰路では騎士団長や団員たちが代わる代わる話しかけてきて、少し鬱陶《うっとう》しかった。

彼らの目はキラキラと輝いていて、今まで私に向けていたものとは百八十度違う。

スターライト王国は強者を好む国だ。だから私が戦えることを知れば態度が変わることは分かっていたが、それでもあまりの違いに苦笑してしまった。

「まさかカーネリアン殿下があんなにもお強いなんて、失礼ながら全く存じ上げていませんでした。今までの非礼を心よりお詫《わ》び致します」

「是非また我々と共に戦ってください！　できれば稽古など付けていただければ嬉しいです。殿下の戦い方は美しく、参考になるところもとても多かったので」

「そう、だね。魔物退治にはまた参加させてもらうよ」

「ありがとうございます！」

無難な返事をし、溜息を吐く。

皆が興奮しているのは分かるが、心は限りなく冷えていた。

強烈な掌返しを見たあとなのだからそれも当然だろう。

下手をすれば人間不信に陥るレベルだと思う。

だが、私にはフローライトやリリステリアの人たちがいる。何もなくても私を受け入れてくれる人たちがいることをすでに知っているので、これはこれ、それはそれだと割り切ることができた。

——そういう人たちもいるのだと思えば良いだけのこと。

自分に言い聞かせていると、隣で馬を駆っていた兄が言った。

「まあ、見事に態度を翻《ひるがえ》してきたな」

「……予想はしていました」

「だが、それでもお前は、自らの力を見せることを選んだのだろう？」

「はい。実戦経験はどうしても必要だと思いましたから」

敵を倒して初めて戦えると言えるのだ。

ただ剣を振るっているだけでは強くなれない。

私の言葉に兄も納得したような顔をした。

「そうだな。確かに実戦経験は必要だ。……ああ、そういえば、フローライト王女はお前が戦えることを知っているのか？」

「知りません。彼女は私が戦うことを酷く嫌がりますので」

「そうなのか？」

「ええ。何度も彼女には『私も戦う』と言ったのですが、この話題を出すと固く心を閉ざしてしまって、話にならないのです」

フローライトのことを思い出す。

彼女はとにかく私が戦うことを嫌がった。何度一緒に頑張りたいと言っても「駄目だ」の一点張りなのだ。

『あなたは戦わなくていい。優しいあなたに傷ついて欲しくないの』

彼女の言い分はいつもそれで、大丈夫だと訴えても聞いてはもらえなかった。

「それでも何もしないというわけにはいかないと思って、フローライトには内緒で修業していたんです」

苦笑しつつも話すと、兄は難しい顔をしていた。

「……そうか」

「なので、兄上。申し訳ありませんが、私が戦えることをフローライトには秘密にしてください。この件に関しては本当に彼女にとっては重要な問題みたいで」

「……いつかはバレるぞ？」

確認するように言われ、頷いた。

もちろんそんなことは分かっている。

「その時が来れば、自分からきちんと話します。永遠に秘密にできるものでもありませんし」

「そうか。それなら俺が口出しするのはやめておこう。だが――そうだな。口止め料ではないが、言わない代わりに、これからも魔物退治や騎士団の合同訓練に付き合ってくれ。絶対的に人数が足りないのだ。お前が来てくれれば助かる」

「はい、それは構いませんが」

戦えるところを見せてしまったあとだし、リリステリアへ婿入りするまでの間に、少しくらいはスターライト王国に何か返したいと思っていたので了承した。兄が嬉しそうに笑う。

「よし。それなら帰ったら早速俺と手合わせをしてくれ。お前の戦い方は面白い。参考になることも多そうだ」

「……兄上のお役に立てるのなら喜んで」

馬を走らせながらも答える。

この日を境に、城内での私の扱いはガラリと変わった。

◇◇◇

私が戦えると知ったことで、皆の態度はみるみるうちに変わり、私を正しく王子として扱うようになった。

それは父も同じで、以前は息子と言ってもあまり興味のない感じだったのに、今は兄と同じくらい気に掛けてくれるようになっている。

私としては今更としか思わないし、それでこれまでのことがなくなるわけではないと思うのだけれど、良い扱いをしてもらえるのは悪い話ではないし、色々と都合を付けてもらいやすくなったのは良かったと思っていた。

最近になって父が私をリリステリアへやることを嫌がり始めているのだけは問題だけど、婚約はすでに結ばれているのだ。

一度ぐずられた時に、私はフローライトとしか結婚しないと、父にはっきりと告げている。

自分にとって都合が良い存在になったから手放したくないというのは、あまりにも傲慢だ。

父は残念がっていたが、間に兄が入ってくれたお陰でなんとかうまく納まった。

兄には感謝しかない。

そうして過ごしているうちに時は過ぎ、私は王立セレスタイト学園に通う年となった。

王立セレスタイト学園は王家の子が皆、卒業している学園で、現在は兄が通っている。

第二王子といえども私も例外ではなく、ある日私は父に呼び出され、そのことを告げられた。

「お前もセレスタイト学園へ通う年になった。学科は——今のお前なら好きなところを選んでも構わない」

「分かりました」

父の言葉に頷き、下がる。

思うのは、私の愛しいフローライトのことだった。

私が最近、転移魔法を覚えたこともあり、彼女とは以前よりも頻繁《ひんぱん》に会うことができている。

だけど、学園に通うことになれば、当然会える頻度は下がるだろう。

時には長く会えないこともあるかもしれない。

それは私にとって、死刑宣告されたのも同然だった。

少しでも長く共に在りたい彼女と離ればなれにならないためには、どうすればいいか。

簡単だ。彼女にもセレスタイト学園に入学してもらえばいい。

フローライトは優秀な王女で、入学試験は難関だが、彼女なら問題なく合格できるだろう。

そう結論づけた私は、早速根回しを始めた。彼女の両親の許可を取り付け、万事準備を整えてから彼女に言ったのだ。

一緒に来てほしい、と。

すでに国王たちから許可を得ていることを告げると、フローライトはすぐに頷いてくれた。

そうして無事、彼女と同じ学園を受験することが決まったのだけれど、ひとつだけ困ったことがあった。

彼女が、私が魔体科を受けることを断固として拒否したのである。

魔体科は授業に戦闘を多く取り入れている学科だ。フローライトが希望しているところでもある。

だが、私を戦わせたくない彼女は、私が魔体科を受験するのなら、自分は受験を取りやめるとまで言ってきた。

フローライトと一緒にいたくて誘ったのに、それでは意味がない。

結局、彼女の希望通り私は魔法学科に願書を出したが、できればフローライトと同じ学科に通いたかった。

それだけは本当に残念だ。

受験勉強をこなし、時には騎士団と共に魔物退治をしながら日々を過ごす。

そうしているうちにあっという間に受験の日が近づいてきた。

今回、フローライトにはスターライトの王城に宿泊してもらうことになっている。

私が父にお願いしたのだけれど、私が戦いを厭わなくなったことと、フローライト自身が相当な強者だという噂《うわさ》を聞いたことが決め手となり、父は許可を出してくれた。

そしてやってきた当日、彼女を城へと迎え入れたのだけれど——。

◇◇◇

「カーネリアン殿下！」

父に挨拶《あいさつ》を済ませた私たちに、焦った様子で侍従が話しかけてきた。

「こちらにいらっしゃったのですね。お探ししました」

どうやら直前に起きていた緊急案件が上手くいっていないようで、私に出てきてもらいたいとの要請だった。

――なんてタイミングの悪い……。

せっかくフローライトが来てくれているのにとは思うが、行かなければならない。

私が呼び出されたということは、騎士団員たちでは刃が立たない魔物がいたという意味だ。放っておけば、酷い被害が出るだろう。

断腸の思いで、彼女に謝る。

「ごめんね。ちょっと仕事でハプニングがあったみたいで。私が行かないと駄目そうなんだ。二、三時間ほど離れることになるけど構わないかな」

魔物退治に行くとは言わない。

言えば彼女は必要以上に心配するし、また揉《も》めることになると分かっているから。

黙ったままの方がいいと判断し、仕事とだけ告げる。

彼女は笑顔で了承してくれた。

「もちろん構わないわ」

「本当にごめん」

再度謝り、近くを歩いていた女官にフローライトを任せる。

部屋まで案内してあげて欲しいと告げると、女官は恭《うやうや》しく頭を下げた。

名残惜しいが、フローライトと別れ、侍従から詳しい話を聞き、足早に現地へと向かう。

場所は王都のすぐ近く。

魔物が巣を作っているという話で臨時出動が掛かったのだけれど、どうやら騎士団員たちは相当苦戦しているようだ。

「カーネリアン殿下！」

私の姿を見た団員たちがパッと顔を明るくさせる。

彼らが戦っていたのは竜のようにも見える巨大な魔物だった。

黒い体軀はテカテカと光っており、大きく開いた口には鋭い牙《きば》が見えている。

最近では滅多《めった》に見ない大物だ。

放っておけば、民に被害が出るだろう。

騎士団員たちは各自応戦していたが、なかなか決定打を与えられないようだった。

「くっ……！」

竜の身体に斬《き》りかかった騎士団長が、巨体に払いのけられる。

彼は勢いよく飛ばされ、地面に叩きつけられそうになったが、直前で魔法を使って受け止めた。

「カ、カーネリアン殿下」

「遅くなって悪かったね。私が来たからにはもう大丈夫だ」

「申し訳ありません……」

騎士団長が顔を歪《ゆが》め、謝る。自分たちだけで何とかなると思って出陣したというのに、結局私を呼び出すことになり、罪悪感があるのだろう。

だが、仕方ない。

「このレベルの魔物がいるとは思わなかったし、仕方ないよ。フローライトも待っていることだし、速攻で片を付けるから」

己の武器を作り出し、軽く構える。

私に気づいた魔物が口から光線のような攻撃を仕掛けたが、私はそれを片手で打ち消した。

「魔法は得意なんだ。悪かったね」

言いながら、駆け出す。

細いレイピアでは突くくらいしかできないが、私の武器は己の魔力で編み上げたものだ。当然、普通のものとは違う。

その切れ味も硬さも、同じように考えてもらっては困るのだ。

武器を振るう。首を狙った攻撃は、見事魔物を捉えた。

突くのではなく斬ると、魔物の首が綺麗に落とされた。魔物は動きを止め、その場に沈む。

「わあああああ!!」

私の動きを見ていた騎士団員たちから歓声が上がった。皆、口々に私を褒め称える。

「すごい……今の殿下の動き、全く見えなかった……」

「あの硬くてどうしようもなかった魔物が一撃で？　どうすればあんなふうに斬れるんだ？」

「カーネリアン殿下は我が国の誇りだ……！」

興奮気味に好き勝手告げる騎士団員たちを放置し、持っていた剣を消す。

騎士団長がやってきた。

「すみません、殿下。お手を煩《わずら》わせてしまいまして」

「別にいいよ。君たちだけであれは倒せなかったと思うし。あ、でも、後始末は頼んでも構わないかな。フローライトが待ってるんだよ。一刻も早く彼女の元へ戻りたい」

彼女と過ごせる時間は、一分一秒でも無駄にしたくない。そう思いながら告げると、騎士団長は頷いた。

「フローライト王女がお見えになっているのですね。はい。お任せください。あとは私たちが引き受けます」

「頼むよ」

以前が嘘のように好意的な騎士団長に後を託し、王城へと戻る。

強さを見せたことで、色々なことがやりやすくなりはしたが、やはり時折虚《むな》しさに似た気持ちが私を襲った。

彼らが今、好意的な態度を取るのは、私の強さを認めているからだ。

もし以前のまま、強さを見せないままでいたら、きっと今も彼らは冷たい目をしていただろう。

いや、下手をすれば存在しないような扱いだったかもしれない。

それを事実として知っているだけに、彼らに心を開こうとは思わなかった。

私が今、スターライト王国のために戦っているのは、今まで世話になったことと、兄上のため。

だけどそれはあと少しで終わりを迎える。

学園に入学、そして卒業すれば私はフローライトと結婚し、リリステリア王国へ行くのだから。

そうすれば今度は憂いなく、リリステリアのために戦えるだろう。

リリステリアの人たちが、何もない私でも歓迎してくれていたことを知っているから。

彼らのためなら、私はこの身を捧げられる。

◇◇◇

急いで帰り、彼女のために用意した部屋へと行く。そこで待っているはずのフローライトがいなかった。

「フローライト？　あれ、いない……」

慌てて女官に聞くと、どうやら兄が来て、連れ出したという。

「兄上……」

舌打ちしつつ、兄が連れて行ったという騎士たちの練習場を目指す。

兄の思惑はなんとなく分かっていた。

以前、私がフローライトが相当な強者だと言ったから、手合わせの機会を窺《うかが》っていたのだろう。

「私に黙ってそういうことをされると困るんだよ……」

苛々しつつも、彼女が連れて行かれた練習場の扉を開ける。

そこでは兄とフローライトが一切の手加減なく戦っていた。

「あは、あはははは!!」

フローライトが兄の顎《あご》を蹴り上げる。その勢いで、兄は壁まで飛ばされた。

呻《うめ》き声と怪我の具合を見れば、どちらが優勢かははっきりとしている。

「……フローライト。ああ、イっちゃってる」

フローライトを見れば、彼女の目は爛爛《らんらん》と輝き、すっかり狂戦士といった様相だ。

兄との戦いがよほど楽しかったのだろう。完全にスイッチが入ってしまっている彼女を見て、頭を抱えた。

「もう……」

戦う彼女は美しくて好きだが、この状況になると素直に笑ってはいられない。

それこそ相手の息の根を止めるまで攻撃をやめない可能性があるからだ。

女官に聞けば、かれこれ四時間は戦っているということだから、手合わせしている最中に彼女のスイッチが入ってしまったのだろうと予測はできた。

「止めないと」

このままでは兄がフローライトに嬲《なぶ》り殺されてしまう。

兄もかなり強いが、フローライトには到底敵わない。蹴《け》りも女性とは思えない力強さで、確実に兄にダメージを与えている。

「……」

とはいえ、言葉にしたりはしないが、兄が一方的にやられている姿を見て、ちょっとだけ気分が良いと思ってしまった。

何せ、兄は王太子なのだ。

いずれスターライト王国を継ぐ長子。皆が兄には気を遣い、忖度《そんたく》して生きている。それは当たり前だし、そうでなければならないと思うのだけれど、好き放題やられている兄を見るのはこう……なんというかすっきりした。

兄のことは嘘偽りなく尊敬していると言えるのに。

私も大概ストレスが溜まっているということだろうか。

「っ、まずい！」

見ればフローライトは兄にとどめを刺そうとしている。

これはいけないと慌てて叫んだ。

「何をしてるの！　フローライト！　兄上!!」

彼女がハッとしたように動きを止める。

戦いはそれで中断され、私はホッと息を吐いた。

私の声で我に返ってくれたフローライトと、彼女にボコボコにされた兄に呆《あき》れた目を向ける。

「兄上！　勝手にフローライトを連れて行かれては困ります！　どうしてこんな真似を……」

「お前の代わりに戦う、なんて言い出す女の実力がどの程度のものか見てみたかっただけだ。正直、これほどとは思わなかったが」

しれっと告げる兄。そんな兄に私は笑みを浮かべながら告げた。

「フローライトは格好良いでしょう？　惚れても仕方ないとは思いますが、もしそんなことを言い出した日には、明日の朝日を拝めないことは覚悟してくださいね」

いくら尊敬する兄でも、フローライトだけは譲れない。そんな気持ちを込めて兄を見ると、彼は顔を引き攣《つ》らせた。

「お前……いや、こんな恐ろしい女、頼まれてもごめんだ」

そうしてフローライトに彼女を試したことを謝罪すると、さっさと練習場を出て行った。

全く。

フローライトのことを気に入る気持ちは分かるが、余計なちょっかいはかけないで欲しい。

兄が私から彼女を奪うとは思っていないが、ふたりが仲良くしている場面を見てしまえば、どうしたって不安になるのだ。

——私にはフローライトしかいないのに。

フローライトは私の全て。私の生きる意味そのもの。

そんな彼女を奪われるなど許せないし、もしそんなことになったらおかしくなってしまうと自信を持って言える。

だから言った。

「——ね、フローライト。もし、学園に入っても絶対に浮気なんてしないでよ。ただでさえ学科が違うんだ。君と離れている間に、君に近づくような男がいたりしたら、私はその男をどうしてしまうか自分でも分からないからね？」

これは警告だ。

それを分かってほしくて告げたのだけれど、フローライトは逆にムッとした顔をして言い返してきた。

「その台詞、そのまま全く同じものを返すから」

一体何を言っているのか。

私がフローライト以外の女を気にすることなどあるはずがないのに。

やはりフローライトは、私がどれだけ彼女のことが好きなのか、見誤っているようだ。

――全く、いい加減自覚して欲しいのだけれどね。

とは言っても、見当違いの嫉妬をするフローライトも可愛いと思うので、これはこれで良いかと思う私もいる。

結局私はフローライトであれば何でも良いのだ。

そのことを強く感じた出来事だった。

◇◇◇

入学試験が終わった。

私たちは無事、合格を果たし、セレスタイト学園へ入学することが決まった。

セレスタイト学園には寮があるが、王族を迎えるのは難しい。

そのため、リリステリアの国王夫妻は娘のために学園近くに屋敷を購入することを決めたようだ。

そのことについてちょっとした相談があると言われ、私は転移魔法を使い、久々にリリステリアを訪れていた。

「お久しぶりです」

「おお、婿殿！　よく来てくれたな！」

通されたのは、リリステリア国王の執務室だ。そこにリリステリア国王と王妃が待っていた。

フローライトはいない。

彼女は師匠と鍛錬中らしく、ならば終わった頃を見計らって訪ねようとそう考えていた。

「私に話とは何です？」

ソファを示され、腰掛ける。

フローライトの両親は、優しい人柄で私のことも可愛がってくれている。

昔はそれでも「歓迎しているふりをしているだけで、本当は戦えない婿なんて要らないと思っているのでは」なんて穿《うが》った見方をしていたが、今は素直に受け入れている。

フローライトのお陰で、彼らが本心から私を迎え入れようとしているのだと知ったからだ。

それを知ってからは自然と肩の力が抜けたし、リリステリア国王夫妻とより親密な関係を築くことができた。

最近では『婿殿』なんて呼ばれているし、多分、実の両親より仲が良いのではないだろうか。

将来、リリステリアへ婿入りすることを考えれば、とても良いことだと思っている。

私の目の前の席に座ったふたりはニコニコと笑っている。国王が「実はな」と話を切り出した。

「娘が住む予定の屋敷だが、良ければ婿殿も一緒にどうかと思って」

「えっ……？」

目を瞬かせる。思わず言った。

「……良いのですか？」

「もちろんだ。購入予定の屋敷が思ったより広くてな。娘も寂しいだろうし、婿殿が一緒ならきっと喜ぶだろうと思って。いや、もちろん無理強いするつもりはないが」

王妃を見る。彼女も笑顔で言った。

「遠慮なさらないで。もうすぐ私たち、家族になるのですから」

「……ありがとうございます」

フローライトと過ごす時間が増えることは私にとって嬉しいことでしかなかったので頷いた。

彼女と同じ屋敷に住めば、一緒に登下校することができるし、帰ってからも共に過ごせるのだ。こんなに幸せなことはない。

同じ学園に通っても、住む場所は別々だと思っていただけに国王夫妻の申し出は有り難かった。

国王が、今思い出したとばかりに告げる。

「そうだ。言ってなかったな。娘との結婚時期だが、学園を卒業したタイミングを考えている。婿殿の方に不都合はあるかな？」

「いえ、私はいつでも構いませんが」

フローライトと夫婦になることは、私の中では確約された未来だ。

その時期は早ければ早いほど良いし、そういう意味で、卒業後すぐというのは私の希望とも合致する。

「そうか。ではそのように進めよう。結婚式は盛大に執り行う予定だから楽しみにしているといい」

「あの子が着るウエディングドレスもそろそろデザイナーに発注しなければなりませんね」

国王と王妃が楽しげに結婚式の話を始める。

彼らが私をリリステリアに迎えることを心から喜んでくれているのが伝わってきて嬉しかった。

スターライトの人たちとは違い、彼らは私が何も持っていなくても歓迎してくれる。

強くなくても構わない。

彼らは『私《カーネリアン》』を望んでくれているのだ。

そのことが、涙が出るほど幸せで、フローライトと結婚したらリリステリアのためにできる限り頑張ろうと改めて誓った。

◇◇◇

リリステリア国王夫妻が用意してくれた屋敷に、無事移り住んだ。

セレスタイト学園へと入学した私たちは、学科こそ違えども、それなりに充実した日々を送っている。

フローライトは魔体科の生徒たちとよく馴染んでいるようで、毎日が楽しそうだ。

彼女が笑っている姿を見られるのは嬉しいのだけど、兄とペアを組んでいると聞いた時は、一瞬本気で殺意が湧いた。

私は魔体科を受けることすら許されなかったのに、どうして兄がフローライトと一緒に過ごしているのか。

そもそも兄とは学年が違うはずなのに、ペアを組んでいるというのが意味不明だ。

「私だってフローライトと一緒にいたいのに……」

兄は私が戦えることを知っているから、時々、フローライトに見えないところでドヤ顔をしてくるのが腹立たしい。

数日前にも「まあ、お前は戦えないからな」と言われて、こめかみに青筋が浮かんだ。

確かに戦えることを秘密にして欲しいと頼みはしたが、ああいう煽《あお》り方をされれば、やはり腹は立つ。

「……はあ」

今日の授業が終わり、席を立つ。

魔法学科は面白いし、色々な魔法が学べるのは悪くないが、魔体科では兄がフローライトと一緒に戦っているのだと思うと、ぐつぐつと腹の奥が煮えたぎる心地がする。

兄がフローライトに恋情を抱いていないのは知っているが、こういうことは理屈ではないのだ。

好きな人にたとえ兄とはいえ、異性が近づくことを許容したくはない。

「あの……カーネリアン殿下」

急いでフローライトを迎えに行こうと思っていると、声を掛けられた。

「何？」

同じ魔法学科の女生徒が立っている。

スターライト王国の……確か伯爵家の娘だったはずだ。

彼女は教科書を胸に抱え、緊張した様子で私を見ていた。

「私に何か用かな。急いでいるんだけど」

早くフローライトを迎えに行きたい気持ちで告げると、女生徒はびくりと身体を震わせつつも口を開いた。

「あ、あの……明日、魔法学科の皆で放課後、親睦を深めるパーティーを開かないかって話をしているのですけど」

どうやら私も来ないかと誘ってくれているようだ。

入学してからというもの、私は第二王子として魔物退治に勤しんでいるか、あとはフローライトと過ごすかしかしておらず、正直、魔法学科のクラスメイトたちと碌にコミュニケーションを取れていなかった。

皆もそんな私を腫《は》れ物扱いしつつも様子を窺っていて、別にそれならそれで構わないと放置していたのだけれど。

「……」

「あ、あの……皆、殿下と話がしたいと思っていて……」

じっと見つめられる。

そんな彼女に、私はできるだけ申し訳なさそうに見えるような顔を作りながらも告げた。

「ごめんね。誘ってくれたのは嬉しいけど、多分行けないと思う」

「あ……」

「王子としての仕事もあるし、フローライトとの時間を削りたくないんだ」

「……」

「本当にごめん。気持ちは有り難く受け取るよ」

気遣ってくれるのは分かるので、礼は言っておく。

教室内に残っていたクラスメイトたちが残念そうな顔をした。そんな顔を見せられると本当に申し訳ないと思うが、意見を覆す気はなかった。

私にとって一番大切なのはフローライトで、彼女を蔑《ないがし》ろにするつもりはないからだ。

「あ、あの！」

「ん？」

話は終わったと思ったのに、また声を掛けられた。今度は別の女性だ。

「何？」

「そ、その……カーネリアン殿下とフローライト王女が婚約なさっていることは知っています。ですが……そこまで王女を優先する必要はあるのですか？」

理解できないという顔をされ、キョトンとした。

私の方こそ意味が分からない。

「当たり前でしょ」

「え……」

「私にとってフローライトは何よりも優先すべき存在だよ。私はね、彼女のために生きていると言っても過言ではないんだ」

微笑みながら告げると、質問した女生徒だけではなく教室に残っていた他の生徒たちも唖然とした顔をした。そんな彼らに言う。

「私はフローライトを愛してる。彼女のためならどんなことでもしてあげたいと思っているよ。私が自分のことより彼女を優先するのは、私がそうしたいと願っているから。決してフローライトがそうして欲しいと望んだわけではないんだ」

だから誤解しないで欲しいと言葉を締めくくると、皆、唖然とした表情のまま頷いた。

「じゃ、もういいね。フローライトが待っているから、私は行かなきゃ」

皆に軽く手を振り、教室を後にする。

早くフローライトに会いたい。

心はその思いでいっぱいだった。

◇◇◇

それからしばらく経ったある日の昼休み。私はフローライトと一緒に散歩をしていた。

昼食を食べたあとの散歩は、短いけれど楽しいものだ。

いつもは今日帰ったら、何をしようか、なんて話しながら歩くのだけど、今日は別に話すことがあったので、こちらから切り出した。

『フローライトを貰う』という話。

それをいつにするかと聞いてみたのだ。

私はフローライトを愛していて、その想いは日毎強くなるばかり。

幼い頃から口づけはしていたけれど、精通を済ませたあとは、当然、彼女を抱きたくて仕方なかった。

とはいえ、物事には順序というものがある。

互いの身体ができあがらないうちに性交するのは良くないし、フローライトだって心の準備は必要だろう。

だから私は根気よく待った。彼女が私の求めに心から頷いてくれるタイミングをずっと待っていたのだ。

学園に入学したら――。

受験前、フローライトとしていた話。

それを今回持ち出したのだけれど、実を言えばそこまで急いでいるわけではなかった。

彼女の愛を疑ってはいないから、もう少し待って欲しいと言われても構わないと思っていたのだけれど。

「わ、分かったわ。そ、その……カーネリアンの誕生日。わ、私、その、準備とか……ちゃんとしておくから」

フローライトは思った以上に嬉しげに頷いてくれた。

顔を赤らめる彼女の様子を見ていれば、私との初夜を過ごすことを楽しみにしているのが伝わってくる。

そんな彼女につられて私も赤くなった。

幸福とはきっとこういうことを言うのだろう。

そう心から思ったのだけれど、実に最悪なタイミングで、邪魔が入った。

邪魔をしたのはフローライトと同じ魔術科の男子生徒。

私たちの前に立った彼は、私を恨《うら》めしげに見つめていた。その目を見ただけで分かる。

彼がフローライトに懸想していることが。

――私のフローライトに懸想しようなんて百年早い。

心の中で吐き捨てつつ、彼の言い分を聞いてやる。

男子生徒は、私を『戦えない男』だと決めつけたあと、顔を真っ赤にして言った。

「はっきり言わなければ分かりませんか！　あなたはフローライト様に相応しくないと言っているんです！　彼女のような強者には、同じく強者が似合う！　たとえば……そう、あなたの兄君のアレクサンダー殿下とか！　あなたのような弱者にフローライト様は勿体《もったい》ない！　今すぐ婚約を解消して、彼女を自由にして差し上げるべきです‼

思わず笑ってしまいそうになった。

なるほど。

彼は兄を理由にして、フローライトと離れろと言ってきたのか。

あまりにも愚かしい言い分に笑いが込み上げてくる。

さて、どうしてくれようか。

そもそも私とフローライトを引き離そうなんて考えが許せないので、遠慮してやるつもりは毛頭なかった。

――私たちのことを何も知らない者が、よくもまあ好き勝手言ってくれる。

私のことはどれだけ馬鹿《ばか》にされようが何とも思わないが、それを理由にして彼女を奪おうというのだけは許せない。

だが、その言葉が外に出ることはなかった。意外……でもないが、私よりも先にフローライトがキレたからだ。

「――あなたが、カーネリアンの何を知っているというの」

実に見事な動きで彼女は己の得物を呼び出すと、その切っ先を男子生徒に向けた。

その姿にゾクゾクした。

フローライトがどれだけ私のことを好きでいてくれているのかが彼女の言動から分かって、嬉しかったのだ。

――ああ、フローライト。私も君を愛してる。

「とりあえず、武器を下げてくれるかな。フローライト」

心の中で愛を告げてから、そっとフローライトの腕に手を置き、首を左右に振る。

フローライトの気持ちは嬉しいけれど、彼女の手を汚させるわけにはいかない。

私のために、フローライトの評判が落ちるようなことになってはいけないのだ。

咎めるような視線を向けると、彼女は渋々弓と矢を消した。

「そう膨れないでよ。君が私のために怒ってくれたのは分かっているし、嬉しかったからさ。だからね、怒気を鎮めて」

フローライトを宥めているうちに男子生徒は悔しげな顔をして去って行った。

それに気づいてはいたが、今は見逃すことにする。

どうせすぐにでも彼はもう一度やってくるだろう。

それが分かっていたからだ。

◇◇◇

その日の放課後。

職員室で用事を終わらせた私は、フローライトを迎えに行くべく、魔体科へと向かっていた。

彼女と合流したら、帰る途中でカフェにでも寄ろうか。

デートの誘いをすれば、きっとフローライトは喜んでくれる。

そんなことを考えながら歩いていたのだけれど――。

「おっと……」

死角となる場所から突然、魔法攻撃が飛んできた。驚きつつも冷静に対処する。

魔法攻撃を弾き、出てきた男に言った。

「――せっかく見逃してあげたのに、馬鹿なことをするね」

「……昼間はよくも恥を掻《か》かせてくれましたね」

姿を見せたのは昼間に突っかかってきた男子生徒だ。

意外に早かったなと思いつつも、彼に向かう。

「勝手に恥を掻いて去って行ったのは君だと思うけど。ついでに言うのなら私は君の命の恩人とも言えると思うよ。何せフローライトは本気で怒っていたからね。せっかく拾った命をまたむざむざと捨てにきたんだ。よくやるよね」

「先ほど、僕が放った攻撃魔法は……」

「ああ、あれ？　普通に防御魔法で弾いただけだけど。それが何か？」

「……防御魔法。そんなものが使えたのですね」

「そうだよ、意外だった？」

煽るように笑う。

「君はどうやら誤解しているようだけど。私はね、己の身も守れないほど弱いつもりはないんだ。彼女に守ってもらうばかりの自分ではありたくない。それではあまりに彼女に申し訳ないし、自分自身が許せないからね。だから幼い頃、自身に誓ったんだよ。弱いままではいられないって」

そうして彼を排除しようとした。これ以上邪魔をされるのは不快だったから。

でもそれはフローライトにより阻止されてしまった。

私としたことが、彼女が見ていたことに気づかなかったのだ。

「カーネリアン……」

フローライトが私に問い質すような視線を向けてくる。

戦えないと思っていたはずの私がどうして戦えているのか、疑問なのだろう。

隠し続けるのもそろそろ潮時なのかもしれない。

ここはもう腹を括って正直に話すしかないだろう。

いずれこの時が来ることは分かっていたのだ。

私が戦えることを知り、彼女は怒って泣くかもしれない。

その姿を見たくはないけれど、フローライトに守られるだけの自分は嫌だ。

だから――。

――そろそろ本当の私を見てよ。フローライト。

いつまでも目を閉じていないで、今目の前にいる私を見て欲しい。

君の婚約者は強くなったのだと、昔とは違うのだと知って欲しい。

そう思っていたのだけれど、なんと言おうか、運が悪い。

覚悟を決めたそのタイミングで、五百年の眠りから目覚めた魔王が、あろうことかフローライトを攫《さら》いにやってきたのだ。

私としては話を邪魔された恨みもあるし、そもそも愛しい彼女を連れてなど行かせる気はなかったので、これ幸いと徹底的に痛めつけてやった。

——魔王なんて偉ぶっていても、所詮はこの程度か。

特に労することなく魔王を片付け、フローライトに向き直る。

そうしてようやく今までのことを告げた。フローライトは驚きつつも私の言葉を受け入れてくれて心から安堵した。

これで全部終わったと思ったのだ。

だって隠し事はなくなった。これからは、何も憂えることなく彼女の側にいられる。

フローライトを守ることができる。それが本当に嬉しかった。

——君を守るのは私でありたい。

守られるだけは嫌だ。私だって君を守りたい。

ふたり手を取り合って、生きていきたいのだ。

それがようやく叶う。そう思ったのだけれど。

「その娘は『時戻り』の力を持っている」

私の思いを嘲笑うかのように魔王から告げられた。まだ問題は残っていたのだ。

『時戻り』

それは過去へと戻る力。

私も聞いたことのない特殊すぎる能力をフローライトが持っているという話だった。

魔王によれば、すでにフローライトはその力を使っているとのことで、彼女の反応を見れば真実であることが理解できた。

彼女に尋ねると、フローライトは諦めたように全てを話してくれた。

そして私が知ったのは、あまりにも壮絶すぎる話。

魔王に攫われたフローライトを助けるために剣を取った私が彼女を救出後、心を病み倒れたこと。

その私の後をフローライトが追い、気づけば十歳に戻っていたことなど、俄《にわか》には信じがたい話ばかりだった。

だけど話を聞いて、どうしてフローライトが頑なに私が武器を取ることを嫌がったのか、ようやく理解できた心地だった。

「未来の私が、君を傷つけていたんだね」

フローライトが、私が剣を取ることを嫌がるのは当たり前だ。

私の死を二度と見たくない思いで必死だったのだろう。

彼女の気持ちを思えば、申し訳なさで胸が潰れる心地だった。

「ごめん」

信じがたいとは思ったが、嘘だとは思わなかった。

きっとフローライトが語った未来は存在したのだろう。今までの彼女の行動を見ていれば、確信できる。

謝ると、フローライトは必死に首を横に振った。

「ち、違う、違うの。あなたは悪くない。全部私が魔王に攫われてしまったからで、あなたは私を助けてくれたもの」

「でも、君を残して死んでしまった。……ごめんね。辛かっただろう。どうか君を置いていった、前の愚かな私を許してはくれないかな」

心から告げた。

二度と彼女を泣かせるような真似はしない。

私の全力で彼女を守る。

でも、そう思うのと同じくらい、どうしようもないほどの喜びも感じていた。

フローライトがどれほど私を愛してくれていたかを知り、嬉しかったのだ。

私が死んだあと、彼女は毒を飲み、後を追った。

生きてはいられないと、自ら死を選んだのだ。

ああ、それはなんと深い愛のなせる業なのか。

――私はフローライトに愛されている。

時を遡《さかのぼ》ったあとの彼女の必死さ。あれは私を愛していたからこそだったのだ。

フローライトの示してくれた愛がどうしようもなく心地良くて、ゾクゾクする。

彼女の愛に、その献身に報いたい。

心からそう思った。

だけど残念なことに、話はそれで終わりではなかった。

なんと彼女は時を戻った代償として、今なお酷い後遺症に苦しんでいるというのだ。

そんな話を聞かされて、放っておけるはずもない。

彼女は私を想い、時を超えたのだ。

今度は私が彼女に愛を示す番。

後遺症は、絶対に私がなんとかしてみせる。

とはいえ魔王によれば、その後遺症は私との体液摂取で緩和されるとのことだったのだけれど。

対症療法でしかないが何もないよりはマシだし、私がフローライトに触れることで彼女が楽になるのなら、これ以上のことはない。

フローライトに報いるためにもこれからは私が彼女を守るし、後遺症の根本的な解決策だってきっと見つけ出してみせる。

フローライト以外の何を犠牲にしたとしても。

私はもう決めたのだ。

◇◇◇

「ブラッド、行くよ」

『吾輩に命令するな』

事件から数週間後。

私は教室の扉の前で使い魔に下した魔王に呼びかけた。

魔王ヘリオトロープ――今はブラッドと名前を変えた彼は面白くなさそうに答えたが、逆らうつもりはないようだ。

散々痛めつけてやったから、誰が主人か骨身に染みているのだろう。

扉を開ける。

皆の注目を浴びながら、私は教室の中へと入っていった。

今まで着ていた白い制服とは違う、黒い制服を身に纏《まと》って。

戦えるということをフローライトに告げ、秘密のなくなった私は、晴れて魔法学科から魔体科へ転科したのだ。

魔体科で一緒にいれば、フローライトが後遺症に苦しむことがあってもすぐに助けてやれる。

彼女の後遺症は私にしか緩和できないのだ。それを伝えれば、フローライトも反対はしなかった。

良かった。これで常に彼女と共にいることができる。

後遺症なんかなくても、きっと私は同じ行動を取っただろうけど。

それはフローライトには言わない。言う必要がないからだ。

『ひどい執着だ。お前に愛されたあの女も気の毒なことに』

ブラッドが呟くが、知ったことか。

私がフローライトに執着しているのは事実だし、そんな私を彼女が受け入れてくれていることもまた事実なのだ。

互いに納得している関係に口を出すほど野暮なことはないと思う。

私はにこりと笑い、皆に向かって自己紹介をした。

「本日、魔法学科から魔体科に転科してきた、スターライト王国第二王子、カーネリアン・スターライトだ。ここにいるのは使い魔のブラッド。今日からこちらのクラスで学ぶことになった」

堂々と告げ、最後にフローライトに目を向ける。

彼女に向かって口を開いた。


「――そういうことだから、今日からクラスメイトとしてよろしく。ね、私のフローライト」


ようやく、始まる。望んだ場所でのリスタートが。

色々問題はあるけれど、彼女とふたりならきっと乗り越えられるだろう。

全てを乗り越えた先に私たちの婚姻がある。

「絶対に、君を離さないよ、フローライト」

文字通り全てを擲ってくれたフローライトの献身に、私も応えたいと思うから。

君のくれた未来に私は生きよう。君とふたり手を取り合って。

二度と君を泣かせないと誓うから。

今度私がこの世から消える時は、君も連れて行くと約束しよう。
もう私たちが離れることは二度とない。
君が望むのなら、私はいつだってそれを差し出す用意があるのだから。
――愛しているよ、フローライト。
私の全ては君のために。

あとがき

こちらのレーベルからは初めまして。月神《つきがみ》サキと申します。

このお話は元々『強さ×執着』をテーマとして趣味で書き始めたものです。

意外にも仕事ではなかったんですね。完全に個人の好みで書いた小説です。

周囲からは「それだけ忙しいのに、まだ書くのか!?」と変人扱いされましたが、生来書くのが好きなもので「まあいいか」的なノリで始めました。今回書籍化のお話をいただけて、とてもラッキーだったと思っています。

作者としては最後のヒーロー視点を書くのが特に楽しく、こちらの部分が書籍版の書き下ろしとなりますが、ぜひカーネリアンの重い愛を堪能して頂ければ！

今回、笹原亜美《ささはらあみ》先生にイラストを担当していただきましたが、イメージ通りのふたりの姿にテンションが上がりました。あと、なんといっても制服が格好良い！

笹原亜美先生、お忙しい中、素敵なイラストをありがとうございました。

最後になりましたが、この作品をお手に取って下さった皆様に感謝を。

ありがとうございました。また別のお話でもお会いできますように。

月神サキ　拝

呪われオフェリアの弟子事情
～育てた天才魔術師の愛が重すぎる～
長月おと
黒裄
Niμ NOVELS

ファンレターはこちらの宛先までお送りください。

〒110-0015　東京都台東区東上野2-8-7
笠倉出版社　Niμ編集部

月神サキ 先生／笹原亜美 先生

死に戻り姫と最強王子は極甘ルートをご所望です
～ハッピーエンド以外は認めません！～

2024年6月1日　初版第1刷発行

著　者
月神サキ

発 行 者
笠倉伸夫

発 行 所
株式会社　笠倉出版社
〒110-0015　東京都台東区東上野2-8-7
[営業]TEL　0120-984-164
[編集]TEL　03-4355-1103

印　刷
株式会社　光邦

装　丁
Keiko Fujii（ARTEN）

Niμ公式サイト　https://niu-kasakura.com/

ISBN　978-4-7730-6440-7
Printed in Japan